那麼，也許我會希望世界毀滅

讓我們回到海裡，重新期待愛情

壹捌零參——圖・文

U0076538

作者序

寫稿時將近入秋，漫長的溽夏很快迎來第一道乾爽的鋒面，之後是第一陣下得瘦弱的雨，人們正從怒日下的頹靡裡驚醒過來，手忙腳亂的睜開眼睛提醒自己一年還未過去，日子亦然的需要振作。只是時光不容許誰停下腳步的又下起大一些的陣雨，之後一場接著一場，越下越大，直至靈魂縮緊，才發現秋天也將到頭。

想念裡的雨都很完美，與現實之間的差距，往往是真實的樣子更為凌亂一點，更猝不及防一些。

因此在時光的白紙上頭，那些因情感交織而盛開或凋零的故事，無論成了詩還是成了偵探小說，都顯得凌亂了點。

我們都想成為將結解開的強迫症患者，只是到了最後的最後才能突然的明白，那些成為思念的人和事物，都早已是它最楚楚動人的模樣了。

***

當初和出版社討論期望的內容時，我手邊還留著去年餘下的稿件，和一年多來尚未公開過的內容和想法，雖然只在短短不到半年的時間內收束成了一本書的標準，但書裡的文字橫跨了一年半的光陰，在重新爬梳的過程當中，明顯感覺到自身心境上的轉變和看待世事時目光的不同。

類似一種自省，是陌生也熟悉的，那些躺在電腦檔案夾裡，一年多前的自己所寫下的文字，如今看來判若兩人，有的甚至忘了那些文字，是當時身處什麼樣的時空環境所寫下的，感到訝異也驚喜。

想和讀者說明這點，是因為連我自己讀都覺得不是同個人了，所以頭尾所述的情感相異，而使你突然的困惑，希望你不要覺得奇怪。

我想我不會用變得成熟了些，這樣形容自己或本書的內容，何況我還沒真的確定過變得更成熟，究竟是件值得慶幸的好事，還是那其實更近似一種傷心的感慨。

在書寫或修改的過程當中，也許是途經一年多前的自己的文字，能感覺當時的自己確實是比起現在更為熱情的，是那種情到深處只想用更單純的字眼敘述，或更用力地多說幾次表達的熱情，是以感性流淌，就像在發洩著什麼一樣。

如今的我依然是個不擅長說故事的人，但當讀起那些似曾相識的文字時，我開始思考書寫的視角該如何會是最好，是熱烈的感性和享受當下將情緒自然流淌而出時的欣然，還是盡可能的冷靜才能抓穩每一寸畫面裡的細節，就算有時那樣的克制更似冷血，而也許兩者皆具會有最好的效果，但我還沒能拿準一個定論。

＊＊＊

二〇二〇不是一個好年，有重要的人離世，有可怕的疫情蔓延，有荒唐的動盪，有反常的目光，我想起去年底的自己是期待跨過十二月三十一號的，也同世人倒數迎接，我們總期待明天會是更好的將來，可以重振旗鼓那樣，廢待的都屏棄，萌芽的都予以希望。

不得不承認，絕大部分的明天是可以因其規律而使人投以期盼的，只不過有一定的機率會迎來意想不到的災難，而當災難降臨，以現在能觀察的種種跡象看來，渺小的人們能做到且做了也絕對不會錯的，或許仍然是對明日懷抱期待。

對我或本書而言，這也許就是目前存在的意義了吧，還是希望能經由文字傳遞一些美好和溫柔，而使我們想見明天時，依舊能有信心，這對於正努力精進書寫技巧的我和碰巧閱讀了這些文字的你皆然，此念也遍及生活中的各種事物。

無論最終溫度在傳遞的過程當中是否漸弱，或者直至冰冷，無論身為人類的我們在時光面前依然如螻蟻般渺小，無論情感在世事紛擾之間只見更為複雜而單純已不復存在，無論這漫長或短暫的一生已然留下許多後悔，只要當文字的誕生是為了傳遞情感的慰藉或者予以溫柔，那麼一切都將保有它的可愛。

＊＊＊

書名《那麼，也許我會希望世界毀滅》，是來自書中故事裡的對話，關乎遺憾和後悔的對答，如果想念或後悔可以實質上改變什麼的話，這世界也許就毀了吧。

我總會想，人們最不該捨下的也許就是那諸多徘徊在心間的後悔，將那些牢牢記得，才能開始找尋新的自己，而那個新的自己，是被投以期待的，那個自己會更好，所以往後的故事也都將會比起此前，有更美好或值得追求的地方。

＊＊＊

一直到了今天，世界都還沒有毀滅，而如果有那麼一天，我也不希望自己遇見，因為那是想到就讓人焦慮的，焦慮自己屆時能不能抱著自己最深愛的人死去。

而明天尚未到來，仍屬未知，如果當你想起類似這樣讓人感覺可怕或者焦慮的事，希望這本書能陪著你，或者保護你。

CONTENTS

輯二／我知道末日來臨時並不能抱著你

輯三／別把我讀完

輯一

沒人問起

30

我從不願記得什麼

白色帆布鞋，
深藍色馬克杯，
該換了的牙刷，
陳舊衣櫃。

排隊的人龍，
大雨裡比較美的騎樓，
那間咖啡廳，
那本書那首歌，
還有一位已逝的歌手，
星期五的晚餐，
沒人等我下班。

這都一起被寫了下來，
這都被我記得了，
這都是過去，
這都是時光，
也是我們。

其實從不願記得什麼，
如果妳一直都在，
如果此刻不是只有我。

一覺醒來，眼睛還是張開，末日沒來。

一樣喝了一杯等了徹夜的水，白色的帆布鞋，牙刷和馬克杯，晨光在同樣的仰角，刺穿窗簾伸了進來，被窩暖著，一人份的體溫。

早上七點左右，手機習慣的勿擾模式自動解除，開始接收訊號，看著昨晚是否被誰侵擾。

不用特別專心就能進行的簡單盥洗，鑰匙舊的掛飾還在，那些讀過不只一次的書還在，黑色檯燈還在，門上的日曆還在，日常裡的都還在，一一確定了。

只有妳不在了，分開的時間也太久，應該不會回來。

預言需要時間證明，在很後來的現在，才應驗了妳說過的話。

如果哪天我們分開了，這些被遺忘保留的景物，可以說是遺跡吧，能證明曾經有什麼存在過一段時光，而後消失了，被後來再發現的人們議論或紀念。

記憶中妳信誓旦旦的樣子，說如果哪天妳不在這裡了，妳不在我身邊了，遺跡一定會讓我很傷心很懷念，指著房內的任意角落這樣說過。

我們第一次見面就互道晚安，我正要去一個飯局，而妳準備回家，只是遇見了，隨後兩人走著自己的步伐離開，相視微笑的說下次再見。

我們曾經就見過面，在學校裡，只是不曾說話。

那是十二月的忠孝東路，當時飄著冷冷的雨，折射著銀白的大樓燈光，像雪一樣，還有大大的聖誕樹下擺滿禮物。

那時的我們都不住在台北，幸運的話，有時會搭上同一班車回家。那時的我們才剛步入社會，總是說著要搬來台北住，如果真的搬來了，我們一起養一隻貓吧，取貓的名字叫明天，喚著就是一種期待。

我們喜歡同一種類型的音樂，喜歡同一個歌手，我們都喜歡咖啡廳，只是我們都一樣不懂咖啡，我們都喜歡看電影，也喜歡在看電影時吃爆米花，甜的。

這些是世界的一部分，只是剛好重疊著我們。

之後妳離開了，這些世界的一部分看上去都零零碎碎，它們沒因此消失或去了哪裡我找不到，它們都還留著，而且本來就不屬於我們，在沒有我們之後，它們看似未曾沾染過情愛，一點也未見陳舊昏黃，它們還是支撐也運行著這座城市。

晨光裡，大雨中，咖啡廳，爆米花，歌和歌手，會經過妳家的客運，都照舊運行著，我們不照舊，但我們卻是舊的。

稱不上思念，思念讓人感覺悠長而淒美，我想我只是時常想起妳這個人，也或許是想起我們，在想起來的時候，會有一陣悶悶的痛呼一聲飛過，心想抓也抓不牢的，就是那樣一下子，症狀卻持續了很久。

不曉得這算不算一種不成熟，但也許我也沒想過要成熟，更多時候，如果還能幼稚一些，我會是慶幸的，雖然妳討厭那樣的我。

到底真正的成長，是絕口不提那些過往的悲傷，還是像我現在這樣，容許自己在該傷心的時候，片刻的沉默，隨自己掉進回憶裡，反正那像風，吹一陣就又走。

相比平淡的生活，有時想念是突兀而刻意的，突兀的出現，刻意的裝演。

那時是兩個原本以不同形式生長的靈魂，在某一隨機的狀態下交錯了，之後重疊而依著對方，重新生長，重新以另一種可以延續生活的模樣生長，生長出了原本不可能發生的軌跡和形狀。

而我們後來經歷了分開、道別，時間的大雨把兩人越扯越遠，時空間在不斷證明，相遇的機率有多低，那在分開之後，更加明顯了。

原本重疊的部分，相互依偎著生長，在某個瞬間拉扯開來，隨即扯出了一些必然，必然的悲傷，必然的難熬，必然的成長，只是那些成長，是被逼著重新生長。

我們成為了歷史的一小角，有了自己的遺跡，我們望著流年，那不可逆。

不可逆的都忘不了，就像是多次被摳弄的傷痕，長出了癒合作用的痂，結痂最後成了疤，而那些疤，就是我每早醒來，眼睛每次睜開，能見到的世界，能見到那所有我們曾一起經歷過、輕撫過、任憑時光經過滑過的日常。

來日方長

愛的花園，
他當時以爲自己是花，
直至停雨，
才發現自己，
是等待奇蹟發生的濕的土壤。

等的姿態，
並不是一種美德，
卻浪漫，
在我們不會預知，
也許明天就將是末日，
來日方長，
成了末日前，
最浪漫的話，
說著的人，
像是溫柔地告訴另一個他，
等我們死去，
我依舊會在這裡。

可不可以，
讓我至少錯過一次愛情，
那能讓一切，
看起來傷心，
也更值得歲月逝去。

我有兩個從小就很要好的朋友，算一算認識的時間是十六年，還記得國小時期的我們，都是老師的眼中釘，恨不得每堂課請我們離席的那種。也許就此有了革命情感，即使小學畢業之後各自走上了不同的生活，我去到了台北，軒他爸讓他上了一所校風肅殺的私校，而蛋頭成績好，擠進了公立學校的數理資優班，如今的我們也依舊聯繫，軒總以臭味相投形容這段緣份。

三個人相約了吃薑母鴨，那時正逢入秋，以薑母鴨那熱呼呼的湯配上入喉沁涼的啤酒，作為歡迎秋君駕到的儀式再適合不過了。

那間老家附近的薑母鴨店，活得比我們都還久，有時想想說不定比我媽還久，店面就在公車站牌後方，下午五點才營業。而這是入秋時，待晚冬的微雨過境，春天來臨後就不營業了，放暑假似的，不知道該說這是薑母鴨的貼心，知道人們只會在溫度低時想起它所以如此為之，還是單純冬天的營業額太亮眼了。

那天等三人到齊已經是九點了，軒是遲到慣犯，那天我們約的是八點，而他九點準時抵達，姍姍走來還叼了根菸，有剛睡醒的架勢，那是他的習慣或嗜好，甚至可以說是專長。他總說現在成了上班族，不僅身軀累的疲軟，連靈魂一同渙散，沒有任何一刻停止過想住在床上的念頭，如果可以的話，他認為棉被是最好的屋頂。

等軒到來以前，我和蛋頭早就會合了，他的神情不比軒那種上班族好去哪，蛋頭在公部門工作，職司於一些關於海的勤務，考試和受訓就耗時了幾年，今年終於進了單位報到，屬菜鳥中的菜鳥，我常想他為人老實又誠懇，確實有種菜鳥的氣息。

他說整整五天下了班都陪著學長們去喝酒，以他描述時的眼神可以得知那不是歡歡樂樂的喝酒，能想像得到學長們是怎麼招呼他這位新學弟的，感覺頗具挑戰性。

三人終於入座，矮桌子矮椅子就擺在騎樓上，多年來都是如此，薑母鴨滾滾的熱氣飄向一旁的馬路，客人多的時候，整條街都能聞到香味。

軒說起被全球疫情影響的公司業績，由於訂單少了很多，他直屬主管在開會時向經理提議，何不改變辦公室的風水，他笑著形容自己的主管那神情誠懇的描述風水一事有多麼有趣而滑稽，還說著當時的他也因寄人籬下而不得不配合著贊同，三人都笑得大聲。

軒沒交過女朋友，而我總會在這樣的聚會時和他認真的談論此事，就算兩人往往帶著幾分醉意。

我會說著再這樣下去我會擔心的，而他也總是回應說誰不想交女朋友啊，好像他很挑一樣，其實他的標準不高啊，但就是尋覓不見適合的對象，現在還成了稱職的上班族，能認識到的異性就只有恰北北的主管和櫃檯姐姐。

當他和我談論這檔事時，那眉頭帶著哀傷卻話語間無可奈何的容貌使人發笑。

蛋頭和軒不同，他交過一次女朋友，在他高中升上大學那段時期，感情綿延了三年，但最後沒能善終，聽他說是因為女方的母親認定他將沒有出息，因此逼著自己的女兒放手。

我從沒想過如此老套的劇情會活生生出現在我周遭，我對蛋頭說，她媽如果知道你現在抱著政府的鐵飯碗，不曉得會不會改觀。

蛋頭有不與人爭的個性，說起她那個前女友，雖說想念但目光裡總是透著不強求的慈悲，我很尊敬他那樣的人，能不感後悔也不帶一絲不甘願的模樣，也許這是他比我和軒都成熟的地方吧。

那天多點了一支高粱酒，金門的五十八度高粱，幾杯烈酒下肚正在興頭上，我以期待的語氣詢問了軒，前些陣子督促他使用的交友軟體是否得到進展，他伸手拿來自己的手機摔在了裝有鴨血的盤子邊上，另一頭的豆皮也被震了險些滑落。他忽地激動起來大聲說著，沒有進展啦、幹，搞不懂為什麼和女孩子聊天比自己在公司報告慘淡的業績還難。問在幹嘛？就說要去洗澡了，問洗完澡在幹嘛？就說準備睡了，問早餐吃了嗎？說不習慣吃早餐，問下班要去哪？就說要急著回家陪媽媽。

軒一瞬間說了個痛快，我和蛋頭又笑倒在桌上。

那你呢？我轉眼看向蛋頭，他說他沒空啦！平常執勤也不好一直拿出手機回覆訊息，交友軟體不適合他，但他隨即說起最近有個新的對象，其實也不算新，說起來我和軒都算認識，一位國小的同班同學，蛋頭說起她時，是由內而外的雀躍溢出言表的，說著兩人其實重新聯繫上有了好一段時間，只是沒能更進一步，他也苦惱。

聽完二話不說，我和軒齊力將蛋頭的手機搶來，以公務員都措手不及的速度撥通了那女孩的電話，我心想你們自己沒能更進一步，我這個好朋友就有義務助你一臂之力。

將撥通的電話轉成擴音，嘟嘟響了一陣子，最後是您撥的電話沒有回應，請稍候再撥……

三人苦笑。

那支高粱酒沒被喝完，三人都高估了自己，時間將近午夜，請來服務生結帳，回過神來才發現薑母鴨店從八點多的高朋滿座，直至現在只剩下我們這桌和另一桌的幾位中年人還不捨離去。

三人一起朝著回家的方向走著，蛋頭負責提著酒瓶，搖搖晃晃。

也許感情的事情終究急不得，對吧？

當我這麼說完沒人回我，只見他們倆都點起了菸，而我又笑了出來。

蛀

心底某處，
未曾標記歸屬，
那裡不忌口，
要的都甜，
他給的都甜，
有時甜的都壞了牙齒，
讓你笑不開來，
笑開了，
怕誰知道不健康，
所以盡力不讓他們注意，
時常還要騙過自己。

還沒找到理由戒掉，
甜的都太美好，
永遠不會注意到的，
甜的都壞了，
有時堆成了黑色，
心裡的白都早已蛀光。

之後意外或經常的傷心，
都是你吃進去的愛情。

提前了三個月通知大家，就是怕漏了誰，大學畢業之後的頭一次出遊，要到齊才行。定了日期和地點，挑在七月中，會是兩天一夜，要去往台東，簡單租了三台車，住宿在一間鄉村平房，有庭院可以野炊和大聲笑鬧。

他原本是那樣和大家說的，女友會陪同出席，交往未滿半年，可能正是熱戀期吧，結果出發當天來的只有他，他那個小他兩歲的女友因為家中有親戚結婚，去參加婚禮了。

心底暗暗鬆了口氣，妳沒讓人發現，何況這不盡人意。

如果她來了，妳沒應付過那種場面，假裝沒事的場面，但那可以說是他的專長，從前就一直認為有這般能耐的，不是什麼好人，在眾人眼前能泰然，若無其事，妳早有預感似的，正因為他擅長，所以才計畫帶著女友一起出現在妳的面前，雖然最後沒有。

其實你們之間的沒人知道，同行的人全是相處了幾年的同學，沒人查證過，沒人追問，但也許多少能猜到，或背後議論紛紛，自以為是的祕密自以為不曾走漏。

妳喜歡過他，很喜歡，而他沒有拒絕過或因此疏了遠，你們曾同居過一段時間，在某年的寒假，回想起來，那該算是最幸福的日子吧，雖然妳從未說過，究竟什麼是幸福。

當時的你們不會吵架，他總是可以在妳需要的時候出現，就像是妳的所有心思和眼神，都終將被他看穿似的，不用去找什麼理由抗拒，妳沉浸於此，也時常告訴自己，你們算是在一起了。不過，誰也沒有鬆口，或試著確定，妳相信這傷害不會太大，只不過是時間問題，妳認為他會很愛妳，就算沒有，妳也未曾害怕過，橫豎他會一直都在，畢業之後的日子亦然。

那天一部分的人從台北起搭火車出發，妳和他都在，在人群之間，他們有說有笑時，你們不刻意站得近。火車上，座位在一起，妳先要了靠窗的，他幫妳將大包小包放上頭頂的架子，坐下時肩與肩保持著應該卻最近的距離。

氣息沒變，坐近了才確定，沒因為新的女朋友而有任何陌生了，他的言談，雙眼的光，過敏的鼻子，時不時抓順著頭髮，都沒變，妳心底一陣不明是欣慰還是懷念。

但手機殼換了，也許是情侶款，關於他和她，妳不好奇也省了客套的詢問，你們淺淺的聊著其他日常，鄰座的朋友也一起，大家臉上都掛著對於出遊的期待，和再見到朋友們的欣喜，還說著晚上在庭院野炊時要喝個盡興，話題和情緒總繞在這兩天，像是個警戒的範圍，在這裡頭誰都舒服。

沒人提起自己的生活，有也是輕輕帶過，剛出社會時的生活不光彩不輕鬆，沒人想聊，妳也是，也默默高興著他也是，妳不想聽他談他的小女友，那牽扯了太多，那都陌生，那些裡沒有妳。

聊著聊著妳睡著了，當列車抵達，才被他喚醒，輕輕拍著，原來自己睡在他肩上，不知道有沒有人看見，還有一點顧忌的想。

很久沒像這樣在移動中的交通工具上睡得安穩了，也許還夢了，平日的妳，多半是趕上車趕下車的奔赴前往某處，也多半是一個人。

醒來時第一眼看見的就是他，才驚覺有點任性，整了整該有的神情坐挺身子，他笑著說：「睡飽了嗎？」

一路上，你們時不時走在了一起，一種不該有的默契或自己的心思作祟，反正也沒人會注意到，景點與景點之間，他會負責開車，掌握方向盤的人，妳在副駕駛座上，成不了稱職的副駕駛，他眼裡盡是前方，而你不是。

心裡頭突然出現又隨即飛開了一些聲音，那原本坐的不該是妳。

其實抵達台東也已經午後一兩點了，一群人路過或駐足了幾個景點和秘境，傍晚的台東風吹得很慢，路上搬運砂石的卡車還沒結束忙碌，匡噹匡噹像在埋怨什麼，和我們行駛的方向相反。

七點前回到下榻的民宿，為更晚一點保留精力。平房外有公用的隔間浴室，屋內則只有一間，不急著盥洗的人打點行李或準備酒水和食物，另外的人們一個個輪流著進出屋內僅有的浴室，都嫌公用的衛生不佳，一群悠悠的人，時光也這樣被我們拖慢了似的。

淋浴間裡，妳想起同居的那段時間，多的時候是和他一起洗澡的，小小的租屋處浴室也小小的，妳會對他說一些可愛的話，關於未來的話都很可愛，像是以後一定要住進有大浴室的房子，浴室裡頭一定要有浴缸，大大的浴缸，要能容得下我們倆。

而此刻你們沒能一起洗澡，不因此感到喪氣或失望，妳知道那樣想太神經質了，會破壞一些和諧，他是不會允許這種事發生的。

毛巾蓋著一半妳濕潤的頭髮，走出浴室，一手搓揉著，一手探進洗手台下找出吹風機，面對鏡子微微低頭試著盡快將頭髮吹乾，鏡子裡能看見他，他就坐在屋外靠近門口的地方，一張小板凳上，是正在準備野炊用的爐具。

記得有一晚，是妳生病了，發燒讓全身使不上力，洗完澡沒把頭髮吹乾就往床上躺。那次是他幫妳吹的頭，一面叨念怎麼生病了，看醫生了沒有，藥呢？一面撥弄妳的長髮要吹乾，怕把妳弄疼或弄得更暈那樣。

開始生火了，桌上擺滿一罐罐的啤酒和一只裝了冰塊的桶，齊齊全全，人也陸續找了好位子坐下，妳倚著牆觀察，看哪裡空了位，見他隨手移開了剛才裝食物和烤具的紙箱紙板，妳也配合著坐。

妳很開心，很久沒有這樣的時光了，該能稱得上好的時光。

明早醒來，也許就要回台北了，誰都是這麼想的吧，所以特別盡興，到了很晚也還沒睡，人們圍坐在只剩木炭在燒的烤爐，炭的表面覆著灰白，縫隙是還炙熱的亮橘色，吃飽也就不再烤些什麼了，喝酒聊天。

快樂總是跳躍著從手中跳開，長大就自然會明白的事，所以盡可能不表現無奈，而是任憑它流淌，一面也享受，妳心底這麼想。

隨著視線漸漸模糊和臉頰的熱，頭也暈著，快樂的一群人，不勝酒力的都先閉上了眼，但還能開口和其餘的人對話，之後才輪流著倒，倒在床上，倒在沙發上，倒在庭院的躺椅上，倒在客廳的木質地板上。

他沒醉，頂多是安靜了一些，他也會笑，只是相較其他人明顯在克制的樣子。

之後電話響了，是他的，他起身走遠了一小段距離，也許是五公尺，那是妳隨時能接近或碰觸到的。

妳見他講了一陣子的電話，在原本溫暖的氛圍之外，妳知道電話的另一頭是誰，妳遠遠得看著他，也許是他在哄著她吧！也許是約定似的晚安，妳沉了沉自己的心，能聽見自己鼻腔的吸吐，眼光和嘴唇，一面還回應著朋友們的嬉笑。

「下次再約，會是什麼時候呢？」算是期待的口吻妳問。

冬天的時候可以再約一次，或明年春天，乾脆一年一次固定出遊吧，還醒著的朋友們興致一來起鬨似的議論，而他還在講電話，看來是很長的晚安，或一些與妳無關的報備。

妳一直都不是能喝的人，神色都飄飄的，心底一點酸澀，不確定是真的喝醉了，還是因為他在五公尺外和他的她講個沒完，妳也會想，或許這通電話不過三五分鐘的小事，自己為何用力在乎。

將精神一振，心思都回到朋友之間了，剛剛的話題，下一次出遊該是什麼時候呢？

想了一下的話沒說出口，是妳希望能越快越好。

回來的時候

那顆大樹，
愛上了八月，
深深愛上那樣的季節，
等到了冬天，
樹梢都沒了葉子，
還依舊佇立。

那條河川，
愛上了落葉，
深深愛上那片枯黃，
等到了大海，
都沒有了形狀，
還依舊追隨。

那個男孩，
愛上了愛情，
深深愛上的目光，
等到了光陰佈滿塵埃，
年歲都面目全非，
還依舊等待。

工
場
WORKINGHOUSE
黛安芬
7樓
PINK

妳說那裡的海不藍，從老主管的口中聽聞，雖然開車只要幾分鐘就能到，但未曾親眼見識。

四年一轉眼就過去了，當時妳提前畢業，比我們其他人都早，說是父母的意思，他們在深圳的公司為妳安排了一個職位，妳很優秀也很努力，該是早早就做好心理準備了，沒做好心理準備的是我們其他人。

都還記得妳出發前那陣子的神情，嘴上說著緊張，眨著眼卻有光芒。

沒人料到幾年之後的台商出走潮，妳隨著也回來了，聽起來就像難民一樣，妳說其實沒那麼誇張，多數人是早就被通知的，也被詢問過是否願意接受調派到其他國家，只是妳想想還是算了，妳想回家了，回來給自己時間喘口氣休息，或許長大了些，家人也不反對。

這幾年算是音訊全無，有幾次朋友之中有人出差到了廣東約妳敘舊，才傳回妳的消息，公司有配宿舍給妳，下了班常常要和客戶應酬，說還換了手機，使用的通訊軟體也不同，才沒有時時保持聯絡。

再見到面的時候，已經是現在了，一聽說妳回國就促成了這個飯局。

突然發覺時光是這麼一回事，當沒有餘力去留意它，日子便浮光掠影地消逝，回過神來才唏噓。

能察覺到妳的不自在，就算再瑣碎微小，目光遲疑一瞬都不爭氣地透露，能想像，這樣的飯局已經多長時間少了妳的身影，還是飄洋過海來的重聚，熟悉裡略帶生疏是可以體諒的，這讓我感覺到了人生，雖然我們離啟程都還不遠。

我就坐在妳的對面，拿了罐啤酒放在我們中間一起喝，一起喝是舊的默契，我們的。

妳說這幾年很少喝快樂的酒，我在盡力想像妳沒有細說過的生活，該是壓抑也辛苦的吧，當初還抱著父母的期望，也對自己期許，想到這裡妳已經把酒喝光，喊著要我再拿。

又能像這樣見到妳，其實暗自欣喜。

相較於妳的經歷，覺得自己走得很慢，甚至像停在原地，前年和幾個朋友聯合著辦了個畫展，沒因而聲名大噪。今年想募資籌辦自己的個展，想辦在淡水的酒吧，我們以前常去的那家，但遲遲還未有什麼突破性的前進。

大學時期就很喜歡畫畫，和原本的科系無關，算是不務正業，妳當時也喜歡畫，多半是素描，會來到我那時候的租屋處，兩人就待在一起，妳想不到要畫什麼就畫我，而我喜歡畫海，曾經就送過一幅給妳，妳自己挑的，深藍色淺藍色還有打成白花的浪。

妳的素描都還放在我那兒，不曉得妳離開時有沒有帶上任何一張，但記得最後我就要搬走時，整理那些稿紙和妳留下來的傑作，裡頭有一張沒來得及畫完的我，而妳當時人已經在深圳了。

飯桌上我沒提起那些畫的事，妳也早該忘了吧。

猜想那時候的我們應該有愛，也或許只有我這樣想，有幾次幾乎可以證明了，像我們一起談論過幾次關於未來的事，在幾次待在一起直到很晚很晚的夜，還有一次是妳說很重要的事情必須第一個告訴我，最後告訴我的是關於妳要離開很久很久。

當初的我們，都以為時間夠多。

像是時間足夠我們思考，足夠我們看清楚對方，也足夠讓愛情安安穩穩的冒出新芽，最後生長成花。

而結果卻是不經意的放任了它肆意流淌，我們猝不及防直至物是人非。

妳現在回來了，曾經有段曾經，我不確定那是否會得以延續的。

也許這不該再想了，今晚的飯局慶祝妳回來，這樣就很好。

我想見今晚很快會結束，明早又是各自睜開眼的生活，所以好好看看這些許久不見的朋友，也好好吃頓重聚的飯，隨我們舊的默契，我們喝同一瓶酒。

奔向

是爲了什麼，
將眼底星光都閉上，
是爲了什麼，
將耳邊海風都吹開，
是爲了什麼，
將一往無前的人，
拖曳成黃昏的街景，
掩埋成山林的寧靜。

雙手鬆開之後，
你奔向何處，
煙硝散去之後，
你奔向何處。

天空會再揚起彩虹，
而你卻丟下整片天空，
你奔向何處，
褪下堅毅的羽毛，
最終會是爲了什麼。

妳說連日子都已經看好了，兩邊的家人們一起做的決定，就訂在明年五月，妳要結婚了，妳今年剛過二十四歲。

多虧酒吧裡播放的音樂足夠吵雜，還有同桌的朋友們醉態百出，那是市區的週末夜從不缺少的那種笑鬧，正好蓋過我驚訝的深深吸了口氣，也填滿那之後幾秒鐘兩人的安靜。

心想也許妳是計畫好的，趁著人們都不會注意到的時候，妳刻意少喝幾杯，也是為了能移動座位到我身邊，以較為正式的口吻告訴我。

不確定自己是不是唯一或第一個知曉的，當我不發一語時，其實是心底疑惑著妳會希望從我這裡得到什麼樣的回應。

妳有看見嗎？我那瞬間欲言又止的表情，還是妳其實早就能猜到我對此的看法，如果妳明明知道，妳會想聽嗎？

我們不是前情人的關係，也不曾偷偷搞過曖昧，我們只是要好的朋友，雖然總有人不這麼認為，總有人認為這世上的男女都難以有單純的友誼，但至少我相信。

我們是互相了解的朋友，不至於相知相惜，但也算是能在對方遇見什麼問題時，能出現給予鼓勵或安慰的。

我們是大學朋友，一同經歷過一些荒唐的歲月，有種看著彼此成長的意味，在該出現的時候出現，妳會傾訴感情的難關或對未來的迷惘，而我則喜歡說夢想，多的時候妳看我像看著笨蛋那樣。

我一直都這麼認為著，妳會是個特別的人，能去完成特別的事，我不曾親口對妳說過，因為這樣的稱讚，對我們的友誼來說太煽情了。

這樣的想法不曾離開過我的腦中，對妳的印象就是個聰穎的女強人。

認識的這幾年間不斷證明了自己的觀點，像是見妳幾次和另一半提出分手，是因為妳認為自己不該太專注在感情上，還有那次和班上同學搞了個小事業賺錢，同時期的我還在夜店買醉，更別說妳在畢業前就靠著實習的經歷，提早拿到了大家都為之羨慕的offer。

今晚，是朋友們固定半個月一次的聚會，不用喝得太醉，就會各自述說著近況的聚會。

妳說完之後又問我該和大家說嗎？還是在等上一陣子。

我想除了我之外，不會有誰想要潑妳冷水的，結婚總是好事一樁，妳是想先看看我的反應對吧，確定自己不是大驚小怪，讓自己更相信這是一件好事，也許大家自然而然會遞上祝福，那會是朋友之間再正常不過的。

我沒接著妳的問題便大聲喚來大家，說著這裡有件正事要和大家公布。

和預期的相去不遠，一群人和一個人聽見妳親口說出結婚這件事最大的差別，就在於不會有突然安靜的狀況，有也會是極為短暫的。

看妳臉上洋溢出甜蜜的對他們說著，關於明年五月就要結婚的事，其實從剛剛到現在心底生出了不少疑問，我不會告訴妳的，在我不能確定妳想不想聽以前。

妳是為了什麼做出這樣的決定？

不會是因為年紀吧，妳才二十四？那就是因為對方的年紀囉？還是因為家裡的壓力？男方家裡的壓力？

是因為夢想太遙遠嗎？雖然此刻都可以說是曾經，還是被愛情沖昏頭了？這個歲數好像正容易被沖昏頭，還是因為懷孕了？是的話我該問嗎？

說起來奇怪，明明與我無關，但卻縈繞在腦中，這些問題我都沒說出口，連一點暗示也沒有，無法確定說出來是好是壞，那就尊重妳吧，也許這正是妳想要的，妳確實已經做好了準備，誰說什麼都沒用。

沒想到有人開口了，以類似困惑的神情，你們不是才剛交往不到半年嗎？

也快半年了啊，明年五月就剛好一年了，妳回答。

接著說，他就是妳一直想找的那種人，沉穩又安定，也許是想止住這樣探問的疑惑繼續蔓延，妳補充說著，如果未來有什麼不好的事，可以兩個人一起面對。

那男人大妳七歲，老家在高雄，你們在台北認識之後交往，當時妳還一直想留在台北闖闖，只不過他不願意，他曾告訴過妳，以後要一起回高雄打拼。

我想這也許就是我會疑心的原因吧，心想著如果妳依舊渴望著什麼追求，卻因此止步，出自某種對朋友的期待，疑心妳會快樂嗎？

雖然我知道，如果將這些想法說出口，妳大概會說，又不是結了婚，就沒辦法繼續追逐，這類的話。

而我不會有理由反駁。

朋友們已經開始打鬧著說，婚宴那天要喝什麼樣的酒，要吃什麼樣好的菜，紅包會包多少，搶著做伴郎伴娘，搶著妳將會扔出的捧花。

一陣喧鬧，我的思緒彷彿也被那一句接著一句的祝福和笑鬧淹沒，隨他們起鬨。

而妳也一樣。

九點多十點，時間也差不多了，七八分的醉意最舒服，我走出酒吧抽菸，妳也跟了上來，外頭安靜很多，我的眼神想試著銳利起來，但熱紅的臉不允許。

說不定妳能看穿我的心思，只不過我們都沒說破。

把菸抽完以前，我撇開目光，去望著台北街頭的夜色。

最後還是想多問一句，所以妳都準備好了？

我的目光還在台北的夜裡，沒正臉看妳，抱有一些自己也不清楚的期待。

我知道這是每個人的決定，身為好友更不該去質疑，人生有趣的地方，便是每個人都正前往不同的方向。

這些我懂，而且當然也希望妳能幸福。

只是我不懂，為什麼當我問著妳是否準備好了，我沒等到妳的回覆，回頭看妳時，妳也正望著夜色，不像在酒吧裡那樣，最後妳什麼都沒說。

Wacky

舞者

柔美的晚霞，
刺穿雲落了下來，
灑在廣場上，
人影像在舞蹈，
我們模仿。

時光會歌唱，
我們隨它盡興，
那是不老的祕密，
遠遠看上去，
就像愛情。

兩步向前或後，
太近時，
要跳開，
不然就撞傷了；
太遠時，
就伸手去抓，
過了頭或沒抓好，
就掉進心底。

「你在哪裡？」聲音悶著什麼似的問。
「我在回台北的路上。」
「你什麼時候會到，我在你家樓下。」
「發生什麼事了嗎？」
「沒有，就只是想找你。」

回到家把車停好，見妳蹲坐在門口的階梯上，五六點的傍晚，人群正在傾巢和重新聚攏，汽機車都亮起頭燈，像在地面滑行的星辰，喧囂的讓妳是那麼格格不入，只有妳是靜止的。遠遠看妳，不過幾秒妳也抬頭發現我，但妳在等我走過去，我揮了揮手，妳看了看別處，妳在等我走過去。

妳怎麼了？我走近沒有坐下，先是問。

心想已經多久，多久沒見你主動撥通我的電話，該是遇了什麼糟糕的事吧，生活也好，戀情也罷，總之妳不好了。

妳開口的第一句話是，怎麼讓妳等了那麼久，倔強的個性還是會讓人皺皺眉頭，說不上討厭的那種討厭，但也習慣了。不好的口氣，我早就不往心裡去了，不會記著什麼，不會去討回什麼，我們這樣相安無事。

其實能感覺得到，妳在用力的矜持，為了不讓自己散掉，是已經要斷的樹勉強以麻繩拉緊，就像掐著任何會透露出脆弱的情緒，妳沒急著告訴我到底發生什麼事，只是說，今天晚上能不能陪妳，陪妳到很晚很晚的陪妳。

「我們先去吃點東西吧，我好餓。」今天應該沒有我抱怨工作的空間，至少讓我先吃飽吧。

就近找了家麵店，我喜歡吃乾麵，妳點了餛飩湯，我們分著吃完了一盤青菜，算是解決了晚餐，也順便解決了下班時自己吃飯的孤獨感，忍住了吃飽抽菸的習慣，我知道妳不喜歡菸味。

「你不抽菸嗎？」她也意識到了自己的奇異，所以口氣刻意自在。

「妳不是討厭？」

「沒關係，你就抽吧，我們不趕著去哪。」

「妳是不是真的心情很差啊？」我一面點起菸一面盡量自然的開口問著。

像是要回答的樣子沒看向我，是向著什麼都沒有的前方，具體一點是便利商店的光。延遲了兩三秒鐘，氣音哼的一聲笑了出來，有一點點苦澀，但武裝還在，還未卸下什麼，我該知道妳不想說，說了也未必我能幫得上忙，想到這裡忽然在心底也一陣像妳那樣的無力。

我們不能稱作是很久的朋友，算一算也不過六年多，但卻算深刻，是我曾經喜歡過妳，妳拒絕過我，也許要謝謝光陰的削角打磨，模糊也瀝掉了一些雜質，讓我們還能做保持聯絡的朋友。

那幾年沒做過什麼踰矩的事，頂多在那些笑鬧的場合一起喝醉，妳會倒在我肩上。我們會一起向著兩人之外的世界陪笑，還記得當時我告白，鬧得全班都知道，想起這些我總會說，妳會拒絕我早就料到，而我不擔心，只不過是被拒絕。

那之後，妳一直都是單身，兩年過去了，妳對生活和未來都有野心，時時標準著周遭和自己，沒有誰能輕易配得上妳。反倒是我，當初負責告白，現在卻交往了兩任女友去了，雖然回到單身，但也讓妳常把這事掛在嘴邊調侃。

先去買點啤酒吧，反正我明天沒事要忙，熄掉了手上的菸，我一邊轉身向便利商店走去一邊說著，而妳沒有給予其他意見。

買了一手台啤，結帳時妳在身後往店員手邊又遞上了一罐梅酒。

「妳喝得了這麼多嗎？」結帳完才問。

「沒喝完的就放你家吧，下次可以再喝。」

在我的住處，我們開始更新著彼此，聊了我最近的工作，聊了妳去環歐，聊了現在也聊了幾年後，但我們沒繞進過去的邊，沒提起曾經的念。妳看起來很滿足，或者是已經喝了幾杯酒的緣故，該謝謝那罐梅酒，妳笑得很美，也許人若活得快快樂樂，也就美了吧！

夜慢慢的深，買來的酒漸漸清空，我也驚訝，我們甚至打開了冰箱，喝起我日常的庫存，臉頰紅潤潤的，都是喝了酒會滿身通紅的體質，真不健康。

時而說好笑的事會往死裡的笑，時而一語不發的看著對方，書桌上的電腦播著音樂，是舒服但也傷心的情歌，當背景正合適的。

三四個小時過了，妳終究沒有提起今天讓妳悶著的事，沒什麼重大的事，只不過輕輕的說：「也許就只是單純的低潮吧。」

一種日積月累的，週期性的，妳不斷有意無意的說，妳覺得生活真累，一個人真累，時間久了，繼續往前真累，而我負責附和及安慰，沒說的還有沉在眼底的一點點心疼。

但我還未曾分得清，當下的心疼，是在心疼妳，還是心疼我們。

妳今晚會住下來吧，我在心底這麼想，可能太熟的緣故或其他，我們沒討論到這個話題，只是自然而然的輪流去洗澡，借了我的衣服換，談及明天早上要幾點醒來。

到了睡前，我忘了確切的距離和姿勢，也許躺也許趴，在我的床上，能確定的是肢體上沒有太多碰觸，而飄渺如靈魂或曖昧的氣息，我沒有衡量那些距離的標準，也不敢去想，只不過身體的距離非常的近，近得像如果一不小心轉身對視，隨時會掉進對方眼裡。

有那麼一點似夢非夢的，是因為喝醉了吧！似夢非夢之際，我聽見妳先是輕輕嘿的一聲喚我，我睜開眼睛，以還未習慣黑暗的雙眼看妳，是混黑的影，妳側躺著看我，妳的那雙眼睛折射著窗外透進來的微光，房裡只有它們在發亮。就像是妳控制著那個瞬間的所有氛圍和氣流，我聽得見妳的鼻息，但我不確定自己，當時身在妳的眼前，還是早就滑進了夢裡。

「你怎麼沒想過，應該再多告白一次？」也許妳真的說了，也或許這是夢。

「我有想過，只是沒想過妳會愛我。」也許我真的說了，也或許這是夢。

'99 7 14

我沒那麼幸運

以後的你，
不會丟了高傲，
會一直很愛自己，
雖然我還是不明白愛自己的深意。
會一直那麼聰明，
比我還要聰明，
雖然也容易。
會一直那麼可愛，
你不會知道，
那是我最討厭的。
會一直勇往直前，
而我在遠方祝福，
你不會聽見。

不會再見的再見，
之後你的目光會依舊，
你的美麗也是。

你的天空晝夜輪轉，
你的四季還會再來，
你的日常都清澈而飽滿，

會有個人再出現，
會有個人再愛你。

以後，
我，
就沒你那麼幸運。

這是妳要的對吧？

最後很想這樣問，但沒有做到，這算是一種仁慈嗎？

如果是，當時是在對誰手下留情，是對妳，還是自己。

我們分手了，用的是手機簡訊，到現在還是很嫌惡，沒有面對面，連電話都沒有，沒有看見，沒能聽見，就像最後幾次我們做愛，或我們牽著卻沒有牽緊的手。

我開的頭，相對於我妳更加冷靜一些，或因為簡訊由文字構成，而字的本性，沒有情緒，在妳的手機螢幕上，就算字多的重的，我也會是冷冰冰的吧。

「好。」其餘沒了。

妳這樣回覆，輕淡的像是在回覆晚餐要吃什麼。

妳總是有計畫的人，不曾看見妳慌，井然有序，也許妳得到妳想要的，也就讓計畫順利完成，再多說什麼都節外生枝，我相信妳也會有情緒，只是早就準備了地方安放，這方面我該多學學妳。

不得不承認，妳是比我堅毅的，決絕的很用力，也無情，但有時還是會想，妳的姿態也許只是擺爛，擺著原本鮮活的逐漸腐敗。是我沒有那份勇氣，看著兩人無聲的漸遠，故事要結局時的預告，我沉不住氣的等，等來最後著急，急了也就成全了妳。

那段時間好恨，恨妳出現，恨我們遇見，恨妳聰明的離開，恨我自己遲鈍，恨妳說過的話，恨妳曾看我的眼光，有愛的，無愛的，雖然之後的我分不清兩者。

也恨妳之後的看似輕易，恨妳的早有安排，恨妳最後讓我先說，雖然我也能選擇不說，但那就像城牆早已傾倒，被敵軍攻下，我再也守護不了什麼，而妳將宣告結束的權利留了下來，放水似的讓給我。

會不會妳早就猜到了，我需要那份尊嚴，就算是妳施捨的，也該是感謝妳，無論是否願意。

一定會有人提起問起，禮貌或關心的探，他們會問是誰提的分手？像這樣的問題，我可以說是我、是我、是我提的，向人們陳述一個我負責了斷的故事，其餘的我會選擇不說，也對此感到多餘，不是不願意示弱，也不是不曾仔細的說，只是說著說著，會發現故事的結尾，多餘的是我。

我知道也想這麼相信，未來的妳會很幸福，但始終會有一個人恨妳，或許往後恨不再意味著將什麼砸爛或刀傷似的扎心，我能想像，那會是一場下不停的雨，細細綿綿，而雨裡有道背影，她只管走遠，卻永遠走不出我的視線。

等時間過去，或長或短的，等恨再也說不出口，說了也自覺幼稚，那會更像是不甘心，一種漸漸找不到理由，踩不到底的飄渺感覺。

成長在需要時，顯得緩慢難以察覺，有時渴望明白痛苦的由來，卻沒有足夠的智慧和經歷。

究竟是愛深了，還是當時的我們都稚嫩，把每一次愛都當成最後一次，都奮不顧身，也一往無前，所以失去時，再大的理智都無所用。

像誰都知道要冷靜，要不抱期待的，要別想著討回什麼，那是愛情，給了就是給了，他們總是這樣說著，只是很難，甚至不是艱難，而簡單來說，就是做不到。

之後的日子，或直至此刻，關於她的消息，依程度的不同，依舊能影響我，輕的如換了新公司，也許我低頭眼神呆滯，重的如新男朋友，也許全身性窒息，暫時聽不到，暫時陣痛的無力感，還真是一點都沒有長進。

那確實是一段我們的故事，只是當章節的最後劃上句號或分號，添增了新的人物，我才學著妥協，原來那段故事中，妳一直都是主角，唯一也占據絕大部分的重心，而我占比太小，已經被拋下了，無論是否善終。

那個新的誰會替代我，能想見妳會多快忘了我，一點不決的疑惑都不會有，放心又自在地讓他照顧著妳，也能想見妳不再提及我，就算他會問起，也是輕描淡寫的帶過，說著那些不重要，怎麼會重要，過去的怎麼會重要。

我一直都不相信所謂的放下，放下了就沒事了，時間久了自然會放下的，我還是沒能體悟此類風涼話的深意。

對我來說可能更直觀些，會認為那些傷口，此處不單指感情失敗，那些傷在一次又一次的騷弄之後，先是結痂，後生出厚實粗糙的增生組織，傷依舊存在，於那片血肉模糊或漸漸修復的表層之下，用什麼稱它都行，後遺症或疤，我們都該是越發習慣，習慣帶著傷生活，也習慣那樣生活的自己。

後來能自覺，習慣之後，確實不再那麼想妳了，或說想念的頻率遞減，然而周遭的愛意還是不斷的誕生蔓延，那些都依舊透著妳或我們的影子，甚至氣息，那些沉浸在新鮮的愛裡的人，說出來的話都洋溢，目光都明亮，是幸運之神眷顧的人，他們很幸運，和我們短暫的過去一樣，只不過現在，可能吧，幸運的只剩下妳。

無名

越來越多故事，
一段又一段，
堆成歲月，
落爲流年。

在其中一道光線，
在其中一絲花蕊，
在滿地碎片的其中一彎裂痕，
你會忘了那曾經，
是我，
在漫漫長路之後。

你會忘了，
我的，
情感豐沛或四季似的，
思緒和目光，
眼角濕潤和顫抖，
一些追趕和奔赴，
最終的目的或駐足。

總會有這樣的預感，不確定是否算是不祥，但卻又默默對自己說，這無可奈何。因為人是無法永生的，每一天甚至每一刻，我們都在老去，都因為死亡強大的引力，漸漸被其牽引至同一個盡頭，同一片黑暗，或同一個物理狀態，這些都能從外表上得證，心理上亦然。

開始是黑髮漸灰，灰成了白，還有可怕的皺紋，皺紋會提醒我們不能再隨意的大笑和哭或太激烈的情緒活動，那太奢侈，尤其是對愛美的人來說。四肢依序失靈或時而不聽使喚，在危機感來臨以前，都在肆意地揮霍著，最後花了一生漫漫長途，一片片拼湊，好似拼完就能得到解答的拼圖，那始終沒能被拼完，因為在最後一片拼圖用手指按下之前，最一開始的所有部分，都被時光以海水侵蝕岩石的那般姿態，拍打著，緩緩慢慢悄悄輕輕，在每一次回頭時，都帶走一點原本有的。

原本飽滿的削瘦了一點，之後被這感覺漸漸說服，開始懷疑，也許故事和其人物未曾存在過。

如果生命精彩，也許會有太多故事，不會和我一起變老的故事，故事裡的每一寸細節，人和事物，都像浸了福馬林，或鑲進水泥裡，當回憶起，都保有當初的年份和該有的背景，有的還清晰，有的刷上淺淺一層枯橘。

有時還迴盪在周圍，腦海，像是電影，能有確切的台詞，情感，畫面的切換，一幕幕重複播放，時間一久，可能會在意識到開始變老時的第一次回頭，大部分原本儲藏形式為膠卷的，經過了一些歲月，都成了ＣＤ，那些有顏色的畫面漸漸消失，剩下的只有一首又一首搭配著旋律的歌曲。

沒有了畫面的歌，也不是沒有畫面，而是畫面漸漸需要拼湊或加強語氣去描寫，需要幻想，需要沉浸自己去感覺。而時光開了小火熬煮，繼續蒸發掉裡頭不那麼重要的，旋律模糊，音符也沒先前那麼圓滑了，有稜有角了起來，逐漸成了僅僅可以讀出聲音的字，幾段句子，或幾個也許熟悉也許陌生的名字，不再能讓他們輕易產生共鳴，最後幾筆濃的轉淡，成了只有自己知道的故事。

為了消除我那樣對生命的焦慮感，或許我會漸漸成為那樣一個人，最後都不是說著再見，或擁抱著好好道別，而是深深從心底扯出餘溫和靈魂那樣，去問著每一個我深深愛著的人……

「別忘了我，好嗎？」

床

愛與愛與不愛，
規則是誰說的算，
你要擦乾眼淚，
你要表現勇敢，
未曾遺失了什麼，
又何必勇敢。

要一張床和棉被，
要一道六點的光和早餐，
要枕著頭的臂膀和安睡，
要看起來自由和手沖咖啡。

別靠近了，
才發覺危險。

愛的先行者，
他們不用明白，
有些關係，
和想像的不同，
都說了是愛情，
還需要期待什麼。

'99 7 26

習慣在結束之後，去浴室再把身體洗過一次，就算在這之前已經洗過澡了，妳不是覺得髒或是反感什麼因為性而沾黏的味道，妳很享受，妳知道他也是，沖澡只不過是妳的習慣，為了讓自己徹底放鬆的儀式。

沒關係，累了就先睡吧，我去沖個澡就回來，妳說。

裸身從床上離開，冷空氣使他的體溫更顯溫暖，伸手撚了一根床頭櫃上他的菸，走出陽台倚著夜色，水泥的圍牆上有短短一截鐵的欄杆，今晚的月色很美，點起菸抽。

凌晨將近三點，萬物都從疲憊逃進夢裡躲好，除了零星失眠或未歸的人，和妳，一月的風迎面吹拂像在守夜巡邏，又冷又乾，低空飛行穿越城市，看看誰還不睡，都該被吹進被窩裡，也提醒孤單。

等到菸燃盡，將它留在了陽台地板。

進到浴室擰開了蓮蓬頭，等水漸漸溫熱，從上而下淋浴，髮絲臉頰，肩膀鎖骨，胸前腹部，下背和臀，直至兩腿之間和腳趾感覺水流的熱。

熱氣轉成了霧，小水珠綿密佈滿了原本能看見自己的鏡面，空氣的冷還在與之對抗，越是對抗越是看不清楚。

包裹著浴巾拉開浴室門，妳同一團霧氣一起誕生，而他已經睡了。

沒有答應他的告白，床上的那個他，而告白是在今天早上。

他說很想在一起，男女朋友那樣穩定的關係，能讓所有人都知道，能踏實些。下學期之後就要畢業，接著一起出了社會，可以陪著彼此也互相照顧，一起面對新的事物，對日子能有點期待，他是想和妳一起去看看未來的。

妳說讓妳再想想。

最近的某次晴朗中午，做了一場夢，夢裏的妳染回了黑髮，像高中時的模樣，頭髮被夢給剪短了，不超過耳垂像時刻謹守分寸，視角是第三人稱，妳看見自己收到了一封信，信封上沒有署名，但直覺收件人是自己，信上只有短短的一句話。

我愛妳。

夢醒，清晰的夢都叫人頭昏，從一個世界回到另一個世界，我們永遠不會知道，這會不會只是另一次的沉睡。

醒來時，躺在另一個他的床上。

另一個他也喜歡過妳，他們都一樣，其實並不多瞭解妳，但這不重要，真心相知而相惜的愛或其他，早就不入時。

時代的洪水越是傾瀉的向前快速流淌，愛的珍稀也就越式微。

房間裡，沒就回到被子裡的他身邊，妳裹著浴巾頭髮還濕答答的。

這是第三次回到這裡，坪數不大，妳在黑暗的房間裡探險似的走了一圈，就著月光。

其實一切都還陌生，第一次來是因為妳的社區大停電，來借浴室洗澡，待到了很晚還是回去，第二次是約了看午夜場電影，他的提議，說回他家順路一些，那次過了夜，但僅僅是睡，還背對著背。

這是第三次，你們在學校附近的酒吧喝醉了，妳扶他回家，搖搖晃晃問著可不可以陪他，妳沒有答應，但也待了下來。

有時妳是能感覺到時光流逝的，在二十歲之後才學會，它流逝的速度，有時越快也就越讓人感覺重，隨後會變輕，像是質量依照能把握的程度改變，擁有的多了，時光流逝越快，鬆手讓心裡空了一些，時光就變慢。

妳還在想，找一個很愛很愛的人，或讓誰來很愛很愛著自己，是人們終究明白，不用多久就會老去，還是僅僅是時光的漫長讓人感覺孤單。

這讓妳總是能太輕易的看見未來，那比看不清楚時更加徬徨。

會不會有人和自己一樣，也許到時候就能愛他了。

已經過了四點，妳沒再躺回床上，突然的想回家，也許會在街上隨意的散步，只想先離開這裡。

冬令晝短夜長，走出公寓大樓時，緩緩慢慢的夜色裡，路燈和二十四小時營業的便利商店都還亮著，但月光依舊清澈。

忽然的想起那場夢，夢裡的信寫著我愛妳。

也許那封信還在那個自己的手裡吧，覺得想通了什麼想告訴夢裡的她，和她說妳終於想起來了，那是妳曾經寫給自己的。

我想我也還未明白

天價藝術品，
授勳的戰士，
不朽的歌，
午夜的電影，
高牆之戀，
撼動歷史的人。

我都不在場，
我是現代人，
同理心匱乏，
那裡沒有共鳴，
那裡只有自己。

這裡充滿古蹟，
美術館林立，
有唱片行，
有傳統電影院，
圖書架上的灰塵，
畢業之後就被丟掉的論文。

生命回收了太多生命，
依舊找不到回音，
我想我是渺小的，
儘管曾經擁有的，
讓我看上去多特別。

如果我說了我的故事，我最不想聽見的是誰說他能懂，如果誰向我分享了他的故事，我一定不會那樣說，我會承認我無法產生共鳴，我不在和他相似的頻率。我們可以各自保有自己的特別，何況這越來越重要，或已經是最重要的。

「你在想什麼？」她突然的問。

「什麼意思？」回過神來，我才發現她伸著腰靠得很近。

「在發呆？還是在想些什麼？」

「發呆啊。」為了不顯得敷衍嘴角微揚。

店員端來甜點，我的是手工餅乾，每次到這家咖啡廳我都會點，而她點了蘋果塔，我也曾吃過，記得如果放久了，餅皮會因蘋果切片的水分而濕軟，不適合搭著熱拿鐵一起。

「你是怎麼樣的人啊？」她一面以紙巾擦去冰美式杯壁上的水珠，一面又問起。

能從她的口氣裡感覺到她的直接，我從未深究過那些對於表達能直接了當的人，過去是否經歷過什麼而得到這項技能，或天生如此，只是我更相信前者。

那是我們約會了幾次之後，平日午後的咖啡廳，我們路過彼此附近，約了在那喝下午茶。

咖啡廳是我常去的，她則是第一次，從店面外頭看上去或店內昏黃的牆壁能輕易知曉，是老舊的建築加以改建，踩過時會吱喳作響的木頭地板，和大面的掛鏡，都透著復古。那天的座位在二樓，因為是平日的關係，二樓只有幾組客人，鄰桌都離得很遠，像一座座沒有聯繫的島嶼，各自生活。

我和她隔著一張小圓桌，靠窗的位子，十一月乾燥的冷風和依舊固執的陽光，讓兩人顯得更像身在電影場景裡了。

「我也不知道欸。」我似乎無法忽略這問題的邏輯，思索了一陣卻還是這樣回答了。

但如果只是單純的回應這樣的探問，我想我也無法清楚的形容吧，想著只要是正常人都無法輕易辦到的吧，關於自己的描述。

不難看出來她正試著拼湊出什麼，也許是我，或更妄為的想靠著慢慢累積的資訊或情感拼湊我們。

會說是妄為，是因為我還沒能有像她那樣的期待。

「我是雙魚座的。」雖然我不相信星座，但這也許會是她想聽的。

「這樣說來真的滿像的呢。」像是得到了什麼珍貴情報一般，更睜大了眼或深深回憶的臉。

她說起雖然沒有交往過雙魚座的男朋友，但身邊有幾個雙魚座的好友，聽她說話的樣子，應該是深信星座的。

而我不信的原因，是一旦把星座當真了，會讓我感覺世上有一大堆人和我類似，像被歸類進同一個櫃子或文件夾裡，那讓我感覺自己不特別了，我不清楚自己究竟是厭惡這樣還是害怕。

我沒有選擇打斷她，也沒坦承我對於星座的看法，幸好開了話題，讓我們一路從最近的生活聊到學生時期，又聊回現在，最後遙望一些未來。

其實我還沒想過和她接下來的進展將會如何，聽她說了很多話，也適時插上幾句，她幾次停頓的神情，不知道是不是也發現了，發現我其實不像她那樣話語間充滿期待。

多的時候，我好像只是喜歡有個人能陪自己，吃飯的時候可以不要一個人，有喜歡的電影上映，可以有人陪我去，如果這是一種悲觀的姿態，我想沒有一個確切的時間點，只是日子過著過著，也就成了現在這個樣子。

她陪我走出咖啡廳抽菸，店的對面是一座小公園，周圍都是公寓，和幾家沒有名字的家庭式餐廳，四面還有人行道和矮樹叢圍著。

我倚著騎樓的柱子點菸，她側著身子退開了一段距離。

能察覺到她的失落，該是因為我一直以來的態度，所以我順口提及了感情的事，她說她談過幾次好的戀愛，也談過幾次爛的，單身的時間都不長，最長的一次為期半年，半年之後就遇見了我。

至於我，我沒有試著多說。

也許是依循著幾次見面之後的直覺，她說，能感覺到我總是若有所思，但又刻意假裝沒有，她說她可以看得出來，那是我的一種習慣，就像在避開什麼自己不能觸碰的，更不用說揭示於自己以外的人。

其實對於自己，我好像沒有徹底明白過，聽她所言，似乎能讓我更接近自己一點，但最後好像又沒了，像是迂迴走近走廊底最後的房間，推開門，眼見只是更深的長廊。

我談過幾次沒有把握能稱得上戀情的關係，回憶起有種魅影忽明忽滅的意境。

雖有幾次特別深刻，但盡是悲傷的，而我也常思也許回憶本質上就是一種傷感的事情，只要是成為過去的人事物，都將刷上一層暗色調的沉鬱。

我羨慕她的直接，也許這就是她吸引我的地方，讓我們走近彼此的原因。

說是羨慕，是因為我做不到，曾問過自己是否真的有那樣學著坦率一點的欲求，但詢問無果。

與她的對話間，幾次見面的相處，依舊有一種陌人的默契，彼此要保持好距離，像是她其實討厭菸味，但還是站在我的身邊，我想這是世上千萬種曖昧裡的其中一種吧，還在接近彼此的過程，因此我也明白她想知道或告訴我更多，對此讓我心底感到一絲絲抱歉。

我也想像她那樣，在見面幾次之後，在互相確認好感之後，就能開始講述自己的經歷，說著一段又一段的故事，漸漸堆成立體的自己，這能讓關係更真實，只是我做不到，這讓我感覺抱歉。

也許是想得太多，或習慣對自己苛薄，我總會想如果我說了我的故事，傾聽的誰，是否真的懂我，有時心裡會早有定案，會想他們不曾經歷過我的歲月，又怎麼能說懂我。

但我相信這是暫時的，在任何一段感情開始以前，儘管我已愛過幾次。現在的我沒辦法形容我是一個什麼，暫時的我只是萬物之一，我還在努力的將自己看得重一點，如果時光允許，還是想先照顧好自己，當過去幾次經驗告訴我，愛情是需要負起責任的。

世界上不知道是否也有類似的人存在，還在思索自己面貌，而因此對愛情暫時無欲求的人，會有吧，但不明白為了什麼，我討厭這樣。

像一本書，或一幅畫，這人類掌控的宇宙裡，就算多深刻，就算多淒美，也許都終將被歸類，都會被貼上註解，這讓我感到無力，不確定是對感情還是單單對於自己，是想要保持特別的。

木星外圍的故鄉

那裡恆溫，
沒有四季，
沒有風，
沒有冷氣房，
沒有落葉。

那裡很理性，
是失能的程度，
高度發展的文明。

沒有利害關係，
沒有感情糾葛，
沒有恨的人，
沒有愛的人，
不會跌倒流血，
不用獨占晨光。

類似他們形容的天堂，
而我來自那，
但我未曾見過自己，
背上長過翅膀。

BEN DAVIS

在六歲那年被收養回到這個家，長大了些，他們才這麼告訴我，他們是我在這裡的養父母，我問他們一些關於自己過去在育幼院的資料，但他們總好像也不怎麼清楚。

他們待我如己出，這個我成長的環境，沒讓我缺過什麼，算是富裕的家庭，我很開心能在這裡生活，但我一直都知道，我和他們有很大的不同，他們也許永遠不會了解我。

實際上，在長出真正的意識之後沒多久，我就知曉了自己的祕密。說的更準確一點，那是我在讀國中的時期，那陣子開始，每晚入睡以前，窗外會透進青藍色的亮光，之後伴隨一陣耳鳴，會有一位身穿西裝的女人出現在我眼前。西裝每晚都會不同，有時是商務穿的正規西裝，有時會是派對穿的亮面晚宴服，而在那突兀的西裝之下，是明顯非人類的白皙皮膚，光滑的皮膚表層，閃爍著微微的金光。

五官和人類沒有太大的不同，雙眼雙耳一張嘴巴，只不過因為那夢幻的皮膚，讓那女人透出一股極度美豔的氣息。

她是我真正的母親，在記憶裡當她第一次到訪，小小的我沒有感到害怕，而是對那片青藍色的亮光有種熟悉，就像越是靠近那團光雲，就越能感到溫暖。而那溫暖不是體溫上的改變或其他，是發自內心的安逸和微笑，這和地球的概念不同，在那裡，我不曾踏上的故鄉，青藍色或更淡的藍，是代表溫暖的顏色。

她總在深夜裡到來，為了避開我的養父母。

她傳授了我很多知識，不管是關於地球的，或關於那遠在木星外圍的故鄉。

她告訴我，我和人類有很多的不同，她說我們族人雌雄一體，在那個世界，新生兒先是雄性，成年之後，會轉為雌性。而在外觀上，待身體機能發展成熟之後，便不再衰老，像是時間永遠暫停。死亡的方式也和人類不同，我們不會生病，除非受外力所致，否則結束的時間由我們自己決定，屆時能決定成為其他種類的生命形態，可以轉變成花草，流水或礦物，甚至空氣。

她說，地球上的人類很脆弱，因此族人們對於這裡的生活和人類的生命軌跡，有著不可言喻的好奇。地球人的生命受時間所困，軀體受隨時光流淌的一切左右，情感豐富，悲歡離合，這些對於族人而言，都是不可能的體驗。在我原本的星球，沒有人能愛，沒有人能恨，沒有人會追逐幻夢，沒有人能為了另一個人奉上生命的所有，這也是我會來到這的原因。

母親是位科學家，她們致力於找回生命的意義，因此送我來到地球。

長年生活在這裡，呼吸這裡的空氣，導致我的皮膚，相較於母親，沒那麼光滑閃亮，母親會提醒我，盡量適應這裡，去享受這裡的一切，她說我們的感官敏銳，能收集到所有細節裡的資訊。

我交了很多的朋友，靠著我與身俱來的觀察力，我試著去接近他們，去建立深刻的連結，在他們大笑的時候，在她哭泣的時候，我會設法採取行動，儘管那對我來說難以理解。

我知道自己太理性了，也許不是理性，是完全感受不到他們那些抽象的形容，文字的，帶有旋律的，我沒辦法感受到胸口悶燒的憤慨或下肢懸空的慌張和恐懼。

我會模仿他們，模仿他們傷害自己，我學著抽菸，我學著喝酒晚睡，我學會了寫情書，我學會出門去上班，工作為了賺錢，我試著嚐盡他們酸甜苦辣的生活，卻還是沒能真正得到什麼，感覺始終不夠。

也許還需要很久很久的時間，才能真的找到什麼證明什麼，對於自己的情緒，還未曾有過為了誰或某事而泛起漣漪或震盪，但我沒因此灰心，只是越來越發的好奇。

好奇著，遠在木星外圍的故鄉，高度發展的文明，究竟如何演進至此，消散這些我們此刻甚為渴望的溫度，和脆弱，這些地球人生活的樣子。

輯二

我知道末日來臨時
並不能抱著你

Deja vu

於是，
我們愛的，
似曾相識，
怎麼那些習慣，
都有餘溫。

就像你喜歡，
和他一樣的鞋，
就像我也喜歡，
雨天，
左手要牽右手，
都十指相扣。

然而時光的痕跡，
不用問，
也都嗅得出來，
我們都曾經來到此，
也曾經離開，
一種愛情的，
既視感。

如果人們尋覓戀愛對象的方式，是以寫在基因裡的密碼作為基礎，再加上人生各種階段的刺激及經驗的取得去延伸發展，最後逐漸建構完整，那麼這一次的戀愛，和下一次的戀愛，或者下下次，就一定會有些相似或甚至相同的體驗。

有時候，我會在妳身上看見她的影子，此刻兩人的舉止和境遇，也會在某些瞬間如同似曾相識。

妳會嗎？

我們一定都是逐漸變好的吧，那些不曾察覺的累積，就這麼不知不覺地引領我們改變，越來越好的，在感情上，因為受過傷的人都不會想再受傷，除了一些執迷不悟的笨蛋，那種人適合去寫小說或出演情感溢滿的電視劇。

由於曾經太深愛過誰，無論從何處出發前往愛情的深谷，在那裡每個人看見的會不同，但終究會體悟出一些道理。之後遇見了下一個人，選擇駐足或者就此落定，但一種人腦自然的機制，只要是沒有出過重大事故或創傷的身體，總會在眼前或睡夢中閃過曾經的記憶，那像是光圈沒有調整就拍攝夜裡的車道，疾駛而過的車輛只會留下暈開來的亮光，抓住的都只是忽現的殘影。

如果又感覺似曾相識，我們都學會了帶上一抹輕輕微笑，在心底默默百感交雜的以謝意表達，謝謝那些曾經教會自己愛的人，就算只是愛裡的一小小部分。

我覺得妳講話像她，不是腦海裡時常有她，而是一些不經意的瞬間，我感覺在哪裡見過一樣的畫面。妳和她都習慣以太理性的方式說話，像試著說服我不吃早餐比較健康，還有鼓勵我的樣子，以和藹的母親的口吻說著，如果工作很多，就一件一件慢慢做，先讓自己靜下來，每件事情都能做完。

我不曾告訴過妳，這是為什麼我會心一笑，妳問我在笑什麼，我通常會說是因為妳的可愛。

和妳躺在房間的單人床上，靠牆的那側現在是妳的，而我一直都睡外面，因為是單人床，翻個身就會吻到對方那樣。

我對妳說了一些故事，妳也對我說。

我曾經交往過和妳相同星座的人，摩羯座，我不相信星座的原因之一，就是如果星座真的準確，摩羯座才不會喜歡我這種人，我過分感性又有點自大，我這麼對妳說。

妳曾經遇見過和我相同姓氏的人，妳說他也喜歡籃球，也習慣在生氣的時候不發一語，妳告訴我妳討厭那樣。

心想幸虧是現在遇見妳，如果再早一點，也許妳會受不了我吧，可能就像是妳最後沒受得了他，總覺得自己收斂了很多，那些個性上太顯眼的稜角。

「還要感謝她們是吧？」以不屑的口氣妳說。

「是啊。」雖然是開玩笑的，但也是幾分的事實。

「不然我們怎麼會就這樣走在了一起，還那麼幸福呢。」

由衷的覺得生命奇妙，看似隨意飄散的種子，落地了，誰也沒想過就此長出了花，而人們喜歡重新開始的欣然，如同放下什麼重物一般，能看見新生的花總是值得開心的事。

只是人們也時常因重新開始的新鮮空氣而忘卻了重蹈覆徹的可能，這或許也是我未曾告訴過妳，我有那些似曾相識錯覺的原因。

只要是在戀愛裡的人，沒人會想預告或預知傷心。

所以開始思索，也許不只是我，那些擁有一定戀愛經驗的戀人們都開始思索，如何不重蹈傷心的覆徹，尤為愛上類似戀人的人。

繼續深究，就會產生恐懼，如果愛的似曾相識，那麼結局是不是也就在轉角處，或眼前可預見的未來。

有幾次當我們談及未來，雖然我總會想那和我們的年齡不相稱，但妳倒是很樂意為此花費腦筋。從妳口中能聽見許多美好的未來，說我們可以一起努力存錢買市區外圍的房子，交通上以機車代步就好，一起吃一些苦才能熬出好的生活，等到更穩定的時候就結婚生子。

我錯覺自己早就來過這裡，曾經的某個人也對我說過類似的話，我和她也計畫過要吃一點苦的未來，也許我只是一次又一次的得到機會，而在最後如果失去了也從中學習，就此慢慢拼湊出心深處愛情真正的模樣，然後繼續去愛。

以這樣的視角去看自己戀愛，心上有時會浮現莫名的慌恐，看著自己愛上相似的人，身處類似的關係，意識到相愛的過程中，有幾次昨日與今日重疊的幻覺，這都讓我慌恐。

但走過那些昨日的我，也該早就習得了愛是複雜而不求回報的，世人都無法只因似曾相識而確知明日，我想我是只能愛了，儘管那幻覺使人有不祥的預感，而愛已至此深處，我們都該相信，這次來了，就不會離開。

短髮

我們不牽手，
也就不用，
放開。

我們不看著對方的眼睛，
說話，
也就不會被發現，
心底的祕密。

我們拿了相機拍照，
相片折射的光，
僅僅是因爲你，
柔順的短髮。

我們不用我們稱呼我們，
我們是分開的，
分開的步伐，
分開回家，
分開偷偷嚐著甜蜜，
分開等著末日降臨。

快八點的西門町，車龍擠在窄路上，街燈護著騎樓和人群，隔著光線能互相交疊的最遠距離，一直綿延到城市盡頭，像曖昧的承諾。

我們沒有並肩，落成前後的一對走在一起，在人群的最後面，身後也是人群的背景，人行道的擁擠讓人們的腳步都統一方向。

朋友們約了吃飯，西門町是大家下了班都能順路的據點。

在和大家碰頭以前，我看還有時間，繞了路去相片行沖幾卷底片，妳陪我去的。妳也喜歡底片相機，那些多半是從網路上不經意的相遇，或博愛路上酷愛收藏的年邁老闆介紹而得，二手的或未曾拆封，來自沒能來得及感受的九零年代。

不像數位相機，沒有小螢幕能複查畫面，拍了就是拍了，緊緊被抓住的當下。有人性的設計，要在整卷三十六張都拍完，倒著收捲之後取出，拿去相片行，當然是還有提供沖洗膠卷服務的店家，等待一兩個小時或一兩天，才能拿回成品，我總是在這時才會想起相機究竟拍了些什麼，驚喜感也就成了喜歡它的原因。

我們一起出現，在約定好的時間，或稍遲了一點，我和妳有類似的習慣，我們都不喜歡等人的感覺，不像是不耐煩，更像是一種讓承諾好的誰感覺自己遲了或是被誰等著，那樣給人壓力。

他們見怪不怪，我們總是這樣出現，看似近卻不親密的兩人。

妳曾經對我說過，我是個難得能和妳自在交談的人，也難得的親近，有幾次不明確的錯覺，像越過朋友的角色，妳話少，我話多，也沒想過還有沒有其他原因，所幸也習慣了這樣的關係。

妳喜歡法文，卻最喜歡倫敦；妳喜歡運動，卻在多的時候文文靜靜。妳曾受過傷，很重的傷，起因一場車禍，就在大四那年，有那麼一次妳借宿在我當時的租屋處，那是唯一的一次，夜深兩人睡得很近，閒聊間妳指了指那道傷痕，大腿外側長長的疤，我輕輕觸摸，突然地哭了，從心裡深的底部碎掉，可能是悲傷了也感受那多辛苦煎熬。

和我不同，妳是個很能逞強的人，妳才不用誰心疼，我也不會說那類似的話，妳看著我哭，沒有說什麼。

妳總會是最後一個笑，也最後一個哭的那個人，我想過，應該是我和妳還不夠親，才不足以使妳卸下一些重的防備表現輕鬆，這或許也是我們最終沒有談過在一起的原因之一。

一行人挑了家熱炒店，簡單的不為慶祝什麼的迷你飯局，但也能吃很久，座位是兩張方桌並成的長型，我和妳坐在對面，少有對視，只管著低頭夾菜吃飯，或多的時候看向朋友們，嘻嘻鬧鬧。

離地很近的桌椅，那是為了不讓客人久坐的詭計，有礙血液循環，坐久了會不舒服，雙腿自然反射的向前伸，模糊了桌面下各自腳踩的領地，時而互相碰著勾著。

飯吃到一半，手機傳來訊息，相片洗好了，相片行的通知，電子檔案的網址連結，按開來看，通常不會三十六張都有畫面，有的雖有畫面也曝了光或晃掉了鏡頭，是我不專業的緣故，真能看而且構圖合理又畫面清晰的，大概只剩下十多張吧。

有一張妳的獨照，和幾張我們沒看向鏡頭的合影，妳的短髮過肩膀一些，相片中因為閃光燈而反射著兩三道銀白。

伸手要去了手機妳也想看，一面說著我拍照技術糟糕透了，一面挑珍珠似的看著，那些日常裡或出遊，一不小心就會被忘記的段落。

停在一張上次出遊我們倚著車門閒聊的照片，也忘了是誰按的快門，妳說妳特別喜歡底片相機拍出來的照片，雖不明白原理，但狹窄的鏡頭裡，人們在那些當下被快門捕捉，輪廓都暈著一種曖昧。不知道是手晃到了，還是環境的光線影響，總覺得，更有人的氣息，有著重量沉沉的載體，如果放久了會泛黃或褪色的。

飯局結束在快十一點，深也不深的夜，其實並不順路載妳，但習慣是如此，妳坐我的機車，一直到大家抽完最後的菸，說完再見之後，我們沿著承德路，慢慢騎了一段，妳要我送妳回家。

妳會輕輕抱著，就坐在我身後，我們沒有聊天，車速不快，任微風拂過，不時會提醒妳抱好，妳也聽話。

其實時間久了，也就不深究了，我們不相愛或不承認有愛的原因。之後也還是會見面，沒有開始就沒有什麼結束，時常聽見人們這麼說，這是真實世界裡的魔力，一天一天過著，不會有什麼爆炸性的毀滅或創生，就是日子，說不定我們都這麼想過，而確知自己是對方心裡特別的，也就心滿意足。

但說不定哪一天妳消失了，我會是難過的吧。

騎了二十幾分鐘，也就到了妳家樓下了，沒打算停留太久，我想妳也是，正準備要說再見了，一邊幫妳取下安全帽，突然聽見妳說想要今天洗出來的照片，如果沒印出來，也傳電子檔給妳。

「好啊，要哪幾張。」

「我們合照的那張就好。」

民權東路三
3 -37
46-58
43-
62-

傘

還不算太晚，
或也早該明白，
用一次相遇，
纏兩份眞心，
三四個月又是雨季了，
五六年算得上半生，
如果要回到一個人，
那會是更加漫長的。

先是撐著同一把傘，
最後是撐了同一把傘，
當還在一起，
就各自淋濕一點，
分開之後，
傘再也擋不住雨。

大風沒把傘給吹走，
卻吹走了他，
他在走時忘了把你給帶上。

交往五年多，從大學校園裡一直牽手到出了社會，畢業之後一起留在台北，妳應徵到的第一份工作是活動企劃，還記得被通知錄取的那天，好消息第一個告訴他，而他一面接了一堆家教，一面準備著後年的國考。

分攤房租，過年過節在家裡煮小火鍋，和朋友們聚會時，你們總是一個人負責清醒，一個人負責喝酒，之後再互相攙著扶著走台北的夜景回家。

那就像是你們的招牌，大大寫著恩愛和克服萬難，你們給予了剩下的人們憧憬，他們有時還會困惑地問，你們是怎麼辦到的，妳沒有認真的想過。

之後分手了，在一八年妳生日的前兩天，那是十月。

十月初就已經開始下起那樣的雨，下著宣告一年就要結束的雨，一旦開始，就總是給人不知道何時會結束的厭惡感。

他在那樣的雨夜裡親口對妳提的，兩人當時還撐著同一把傘，記憶已經模糊了些，依稀的只有他說他累了，妳沒追問，力氣都用在了將雙腳踩穩，因為當時天地都在旋轉，積雨的水窪都是深不見底的懸崖。

也許像別人常說的那樣，人們的記憶是容易被情感影響的，妳不願意記得清楚，記憶也就模糊。

先是恍恍惚惚的渡過幾個月，之後試著振作又過了幾個月，循環來到原點又是幾個月，都是幾個月為單位計算，才不像電視劇裡演的度日如年。

這是漫長的分手，直至今天都還未結束。

想起當初他為了追到妳，花了多久的時間，而妳突然明白，你們分手，比起那來得更久。

其實腦袋清楚的時候，會想如果他或者自己，可以決絕一些，後來的痛苦不會如此沉重，但多的時候，妳也知道自己神智不清，妳不甘心，妳會在午夜撥通了電話又掛斷，妳會傳送了訊息又收回。

有時你們還是會約著見面，他把一些該還給妳的還給妳，妳把一些想講的話說給他聽。

妳提過復合，他拒絕過不只一次，他太軟弱，他不曾真正說出什麼原因甚至藉口，他還是一樣溫柔，但不帶溫度的表情和聲音，妳已經能分辨了。

妳覺得自己比起過往，更脆弱了，但還想不到什麼能支撐自己，妳只是哭。

曾經非常迫切的想知道分手原因，通常是在振作和沉淪之間，想追根究柢且欲求找到解決辦法的衝動，週期性地重複出現。

也想知道是什麼時候開始的，最後該有多長時間，會是假裝的，假裝恩愛的，他該是早有預謀，基於他的溫柔，還是在計畫之外，原本的你們還有未來，睡不著的時候就前往纏綣纏繞的中心抽絲剝繭。

還許都大同小異，像在深究著沒有意義的深究，妳也到處去問，問朋友們，熟的不熟的，都問過一輪，都和妳一起討論著，都勸著妳該回頭去追，或勸著妳該瀟灑一點，都給了結論，但沒有誰真的給了妳解答，又或者妳沒能聽見。

妳沒找到什麼有效的方式對付現在的生活，努力的工作了，加班最後一個走，繞了很遠的路回家，深怕獨自回到在台北市的租屋處，還買了盆栽回家擺，多肉植物，網頁廣告說能療癒人心，妳想不通的是，滿身的刺，是要怎麼療癒妳。

靈魂跟身體不在一起，眼神和呼吸，都輕飄飄，飄在可有可無的地方，人潮擁擠的地方。

他把一箱又一箱的雜物搬來或搬走，搬了快半年，一次一箱，能想像得到，他花了不少時間整理原本的生活，就要將你們放進書櫃深的位置，或就地掩埋了。

他借住在大學同學的家一陣子，之後沒多久，也在台北市的另一個陌生角落租了房間住下來，他沒告訴妳地址，妳想知道卻也沒有開口問，怕看見他為難的臉。

有些被搬回來的雜物，是妳不想收回的，妳問他能不能就留著，他沒答應，那些卡片妳想要他留著，那些紀念品妳想要他留著，妳漸漸地明白自己不能留著，但也許它們可以替妳留下來陪他，心裡這麼想。

他應是害怕觸景傷情的，連你們一起買的地毯，也不嫌麻煩的用塑膠繩綁緊送了回來，還套著大大的垃圾袋，說怕沾了灰塵，不是當成垃圾。

門口就這麼堆積著那些雜物，門口就這麼堆積著你們。

一開始還試著裝作無所謂的樣子幫忙，最後是沉默，越來越多沉默，默默看著那些經年累月的雜物，那些都是回憶的載具，都負載著回憶起來會有溫度的過去。

妳硬是擺著冷眼，越是用力，也越是濕了眼睛。

那陣子，不是睡不著，就是睡著了但在凌晨四五點突然醒來，醒來之後，都下意識的轉身往旁邊去找，是在找他，半夢半醒的，轉身只見到夜燈和牆，才又更深刻了他已經不在的事實。

會夢見他，夢見他其實在騙妳，他收回了分手，他其實還很愛妳。妳最常夢見的，是你們剛在一起那幾年的樣子，你們都還是學生的樣子，他會起床先幫妳買好早餐，你們和其他朋友一起去了遊樂園，好的夢，睡醒時，妳都會大哭，有時夢見他越來越模糊，那樣壞的夢，睡醒時，妳也會大哭。

之後的妳，越來越看不見悲傷了，反而多了很多嫌惡的感覺，嫌惡自己或經歷的這些，他幫妳擺在玄關的雜物，妳一箱都還沒有整理，妳不想讓它們離開箱子，妳心裡默默，那些雜物，已經沒有家了，離開紙箱的它們，可能最後只會變成垃圾，沒有家的，又能被整理或歸類去哪裡呢？

妳恨不得放把火燒了，妳真的這樣想過，可以騎著機車一箱一箱載往某個偏僻，適合被遺忘的山區或空地，只是妳在這城市裡找不到一個合適的地方縱火。

不知道分手這回事是不是還在繼續，能見到他的次數漸漸減少，他還在為他的國考努力，也許很快會有新的對象，生活如何，這些妳已經想到不能再去想了，只要睜開眼睛就會想到的問題，閉上眼睛想得更用力。

而妳自己的問題，好像都不是問題，一次都沒有出現在妳痛苦的失眠或無力的生活裡，妳沒有想過接下來該怎麼過，妳沒有期待自己什麼，妳更沒有期望過下一段感情何時到來。妳沒有重心的活著，輕輕的活著，妳曾以為妳是個很有目標的人，但在後來妳才發覺，原來過去，妳的目標，生活的重量，心裡關心的，眼底發光的，都是他。

而如今你們分開，更像他離開妳了，妳確實感覺一無所有，妳也早就忘了，在很久很久以前，明明還會的，該怎麼一個人。

聽著雨夜睡著

今晚的我們，
以很慢很慢的對話，
分享那些傷，
不是全部，
只有一小部分，
小的像雨水，
一滴一滴滴在對方臉上，
剩餘的整片雨夜，
還在盼望。

此刻也成了你，
最害怕的故事情節，
人不在街頭，
無法肆意的晃，
或假裝。
快樂是一件簡單的事，
現在才明白，
那是珍稀的寶貝，
一旦失去了，
也就不知道能去哪找，
也忘了上一次，
怎麼就輕易得到。

想說一個故事，關於兩個失戀者的對話，我盡力回想了，卻憶不起任何深刻的字句，也許這可以歸咎於失戀者的共通性，言不由衷。

兩個人都不自覺得望向自己心底還看得失魂，面容矜持著專心在眼前的對話，卻什麼話都搆不到邊似的，沒有溫度的兩個失戀者的靈魂。

對話的開始，就註定了沒有誰能拯救誰，更何況是兩顆頓失一部分重量的心。

有的人會說愛情的開始是因為兩份孤獨，在這偌大的天涯湊巧遇見，之後孤獨交疊成了愛戀，乾柴烈火那樣，能生火升溫，如果這能解釋成人與人之間交流的一種形式甚至以一貫之，我想這會是錯的。

我和她對話，我在一個月前經歷了分手，而她則是前天，已經好久沒說上話的兩人，以敘舊為由見面。

起初我沒打算提及分手的事，話語間的她也僅僅以一兩句話帶過，都避而不談，或還在找尋時機。失戀者都是這樣的吧，也可能只有我這麼想，心想是否有機會真心傾訴，想像船隻終於在霧氣朦朧的汪洋上看見燈塔，隨後緩緩駛向港灣那樣。也許我會忍不住哭出來，那樣也很好，如果她也這麼想，我們會是此刻全世界最適合緊緊擁抱的兩個人，無關乎愛戀，只是沉沉的沒入一個也尚存著溫暖的靈魂裡，能使人感覺暫時逃離愛的遺患，那有時極為噬人。

就像我說的，我記不起太深刻的字句，而我得承認在那樣的對話裡，我是想要得到安慰的，無論是當頭棒喝那般直接刺穿我，使醒悟而得的道理沖淡悲傷，還是如雨水那樣輕輕飄落，像在告訴世界上的人們，陰晴不定是必然的。

想到這裡，總會覺得也許她也懷抱著相同期待，雖然兩人迂迴著不向核心挑明，卻都期待著能得到另一個失戀者剩餘的溫暖。

如果真是如此，可能更讓人無奈。

我和她經歷的是不同的分手，雖然普天下的傷心都類似，但那過程和其原因終究不同。她會和他分開是因為年紀，兩人都已至適婚年齡，那該死的社會期待，和深根在我們每個人心底對於認同感的渴望，讓她慌了。思緒在她腦裡繞著纏著像是打了死結，想像如果就此結了婚，卻遲遲未能證明那個他就是對的人，悲傷豈不是將悠長的伴隨餘生。

所以分了手。

至於我的分手，我過了一個多月還始終沒能參透，也試過給自己一些還能接受的理由，像是就是不適合，像是未來太沉重了，也許我只能專注於當下，像是她想要的生活現階段的我無法滿足。但諸如此類的問題，總是有人會說，如果還愛著，就是能解決的，也許我最想明白的就是這樣的想法吧！真理似的一句話，戀人們無論遇見何種困境，只要足夠相愛，就能全部克服，我還在思考這究竟是對是錯。

我還在期待有個誰能告訴我。

每次失戀都會回想上一次是不是也像這樣，狡詐的人心總在這些時刻努力尋覓記憶裡的相似之處，試著整理歸類，也許就能因此看見讓自己更舒服的捷徑，能超越過去的自己，少走一些漫長的傷心。

面對同為失戀者的她，或許也是一樣的想法，她也會是吧！人心使然的讓我們很快會想到以下一場邂逅或暫時的溫暖，去覆蓋或征服不久前經歷的痛楚。這可以說是一種求生欲望，因為就快死掉了，所以抓緊海上同為浮木的夥伴，兩人相倚著不沉沒，也許盼著盼著，會抵達下一個岸。

但事實不然，那天和她在咖啡廳聊到晚上八點多，送她上車而我步行到另一邊的停車場騎車。雖然回家的路不遠，但比起誰也不見死撐著在家裡的空虛，結束取暖儀式之後的那般空虛，讓在回程路上的我，感覺不見時光在流，有種預感再向前渴望更多慰藉，只是自尋死路。

能想像我們就如同在深夜的森林裡，冷雨還飄著，兩隻方才被追殺著躲進矮樹叢的野生動物，雖然在求生的路上素昧平生，但看見對方身上的血因此心生憐憫，而至多能做到的，也只是舔舐對方身上的血漬，讓妳我都看上去乾淨，心想著也許乾淨了，很快能再次展開求生的冒險或真實世界裡的愛戀。

不知道她會不會也這麼想，想著這些都將徒勞無功，因為我們就算擁抱，像死裡逃生那樣緊緊擁抱，也無法忘卻心中不久前被貫穿或挖除的空洞，那樣失重也失溫的兩個失戀者，必定不能互相照顧。

我們都回家了，沒有下一次的取暖，也沒有再約見面，或許我們不久都能更明白，有些路途雖然嚴峻，但那狹窄的通道，終究只能獨自行走，雖然那樣孤獨也對自己殘忍，不合人性，但那樣才會有希望，在時間的寬容下，漸漸走向出口的光。

診療

用溫度計測量，
看是否失溫，
失溫了就去找點甜的，
眼淚滴在試紙上，
呈現紅色，
才足夠悲傷。

情傷診療，
風險須知，
世上眞貨太少太少，
充斥著贋品，
三言兩語不攻自破的，
滿街都是。

有時廉價的眼淚，
才最眞切，
能爲傷口消毒。
有時難看的故事，
才最貼近眞實，
能爲心痛找到理由。

她的遭遇讓我聯想到測速照相機，通常是孤伶伶的佇立在公路旁，樹叢或護欄上，冬天時更顯現它的冷眼，夏天時人們期待它故障，有預告死亡或危險的能力，但阻止不了，有負責記錄卻不負責記得的特性。

他們時常來找她，在深夜打電話給她或週末約她吃頓飯，最好是用餐時間沒有限制的餐廳，能面對面坐著談談，好讓他們請益感情方面的問題。

架勢都快成諮商師了，只有她自己清楚差得可遠了。

有時她會暗嘆，這些人如果真的有病，幹嘛不去看醫生。

他們會在她面前掉一堆眼淚，如果沒有，出現時也已經紅腫雙眼。

是些悲傷且心思紊亂煩躁的人，他們或她們都覺得她會明白，她會說出答案，正確的方向，或解決那些拖曳了很長很長的傷心。

我認識她時，她就已經練就了這身本領，對感情的直覺和洞悉，還有與工具型的能力一併生長出來的刻薄和太善良。

沒有和她說過，比起那些端正的價值觀和經歷分享，我更喜歡她以無情的口氣對前來求解的人，說一些殘忍的話，每次都能使我發笑。無論有無切中核心或使他人有如醍醐灌頂，他們的感情事與我無關，我早就深知感情的複雜，經驗豐富且勤勞的人才會想蹚渾水，我只覺她在診療情傷時的那種事不關己的姿態，很有魅力。

雖然她的目光和口氣都不溫柔，但就此凝聚了某種共識，在同一群朋友之間，疑難雜症都第一個想告訴她，類似告解室般那樣運作著。

時間久了，他們和她們成了信眾那樣的生物，依賴她，雖然我不樂見這樣類邪教主義的存在，但我知道面對愛情的人就是如此，脆弱也渺小，當個人無所適從時就需要一個發散著光的信仰，這樣說有點浮誇，但究竟是一種虔誠的姿態。

而她這樣一個可以說出什麼所以然的人，永遠不會消失，人們需要專家，就算時常能明白，愛從不簡單。

和小說裡描寫的靈媒不同，她一點也不神秘，也從不隱藏自身的感情故事，交往過四任男朋友，聽起來極為正常，其中兩次是以被甩告終，其中一次是和平分手，還有一次是她自己出了軌。

她曾經說過三次是最基本的戀愛次數，說到這點要一面強調是認真的戀愛而不計黑數，諸如意亂情迷、一夜情之類的，要是認真的三次戀愛。第一次用來犯錯，第二次用來修正，第三次嘗試妥協，之後便依照個人喜好和性格適性發展，當然有些幸運兒能在僅僅一次的戀愛當中，得到三個不同階段的體驗，那麼這些人唯一要學會的就只是把握，因為那可遇不可求。

雖然她曾經的戀情不是什麼祕密，但當她談起時總是平平淡淡的，分不清她是否需要耗費力氣去抑制一些傷心，或真的已經雲淡風輕了，可能是從來沒見過她脆弱的樣子吧，所以那些關於她的故事，對我來說還是有那麼一點飄渺不真實。

我想我能確定的，只有當誰又泣不成聲的在她面前，而她能一副嗤之以鼻又覺可愛可笑的樣子，該是眼淚也沒少掉過吧。

也許是因為她自己也明白，戀愛是件複雜的事，所以在佈道或開導信眾時，語畢以前往往都會加上委婉的自白，這些只是我自己的想法，很主觀，別全信，諸如此類的話。

能想見她應該也是為了給自己保留一點餘地的吧，或者是給愛情。

最常聽見她掛在嘴邊的話，人就是犯賤，頗有以此道貫徹始終的意味，但最後還是會選擇相信奇蹟或神話般的真愛之人，是有機率出現的。

話雖如此，在幾次特別犯賤的案例前，一些重話結束之後也加上了別全信她的建議，但還是能在她的眼裡看見或都已經溢出於容的不屑。

她最討厭一種人，一種滿嘴浪漫微風或海浪星空的人，那種人總是在期待愛情，無論是否已經擁有愛情，他們努力在生活裡尋覓各種愛的可能，她說那樣的人，對愛情抱有太大也太多期待了。

憧憬和想像溢滿時就成了幻想，如果一切都在合理範圍內，對愛的本質也許是好事，但不符合人性的期待，總讓她覺得可悲。

而讓她嫌惡的核心其實不都是期待，她更厭惡的，是在期待破滅之後，久久不能接受悲傷的人，她討厭不能接受愛和悲傷是同一件事情的人，愛了卻開始害怕恨，也無力說服自己擔起傷心，這都讓她覺得可悲。

那只是其中一種表達

我相信註定，
但不相信星星，
我相信個性不合，
但不相信不適合在一起，
我相信知識，
但不相信教育，
我相信死亡，
但不相信人生。

最後我只相信自己走過的跌傷的拾起的，
最後他們說的，
就只會是他們。
最後我不相信太浪漫太飄渺太沉重的，
最後淺淺一笑，
代表的，
是僅代表我。

一個什麼都能知道的時代，什麼都能找到，什麼都能記載。

一扇名為網路的大門之後，鑰匙是遍及世界所有角落的數字、資訊、媒體，成千上萬則今天，成萬上億則過去，這是我們存在的時代，我們再也離不開，持續創造，持續依賴，持續走向實為更加複雜，眼見卻越發簡單的未來。

不知道是可悲還是值得慶幸的，在框架下吸收的，遠遠不及電腦螢幕的供給，諷刺的是那也在框框裡。

隨意能自成一塊的討論，隨意能充滿敵意的傷人，隨時隨地，我們進入世界，又躲藏於世界之外，我們可以依照索引找到某個誰，某段過去，某一個地方，我們有評分機制，我們能分類，粗糙的分類，細心的分類，把資訊整理，把靈魂整理。

我們也崇拜數字，我們想成為數字，這是他們教我們的，數字狂熱者，狂熱在成為數字的過程，狂熱在成為已被歸類的份子。

那些同時違反人性，同時也無限放大了人性。

大部分的我們，脆弱得不堪一擊，更偏好活在群體裡，只有少數人，被迫或自願的離群索居。城市不斷被建造，越來越擁擠，夜晚會有燈火通明的市容，清晨會有繁忙來去的勞工，那會聚集溫度，脆弱的我們，需要互相取暖才能繼續生活。

最重要的，越來越是取暖，互相取暖，恨不得深深沉沒在人群之中。

也許有一天自己的份量重了，會能影響些什麼，但在日常規律之後，思想規律之後，有些什麼，本在眼底心裡的，本煋火爍爍的，漸漸黯淡，找不到原因的漸漸黯淡，而且我們都清楚，那些黯淡的，是被自己浪費的，而黯淡掉的那些，也許會讓自己永遠無法成為有份量的人。

消息散播得太快太廣，七嘴八舌的社會，不想被漠視的人，都要說些話，或站在某一邊，處在某一方，去聽風向。就算靜默著，也要有意無意的抓好一些能貼在身上的標籤，讓他們知道你是一份子，讓他們知道你有在思考，讓他們知道你很負責任的在這資訊氾濫的社會之中努力生活，這是求生之道。就著某些信仰，就著他們的憧憬，就著哪個上風處的人所說的話，找到安全感了，先設法找到安全感，好似已經成為不用思考就能找到的答案，求生的第一步，他們怎麼想，無一處不影響著我們。

反覆試著抵抗之後，其實很想停下來好好安靜一陣子，好好對自己說話，說一些平常不說的話，和那些一直想說卻沒時間說的。

是不是該給自己多一點空間，多一點時間，思考或反省，思考餘生的樣子，反省生活的樣子。但負責努力應付世界的那個自己，總是擺著一副無可奈何的臉，說著早就來不及了，來不及找回自己，身處的環境太安全了，花光所有機會和運氣找到一個能安身立命的地方了。這時回頭思索圍籬之外的事情，都是那麼的沉重，沉重的那麼沒有意義，這是現況，不得不承認的現況。

最後我沒有情緒的略帶微笑，原來你也一樣，我下意識的認為，或我確知，我們都沒有太大差別，差異早在社會化的過程中被抹去了。這是他們要的，一邊說著要努力探索世界，一邊大力的在腦海周圍，劃下清楚的界線，別往太遠的地方思考，別往太深的意義思辨，原來你也一樣。當歲月悠悠地流過我們眼前，我們被改變了，我們都深深相信著某些價值的活著，但那些相信是被規劃好的，是他們的。

原來你也一樣，原來我們都一樣，我們會笑著交談，但沒有情緒，正確地繼續生存，不能因為這些而悲憤，這是目前能被他們接受的想法。

單膝下跪

單膝跪下，
也許會和，
你答應我的那天，
一樣。

想念會帶我，
去找你嗎？
如果會的話，
希望秋天快來，
等我抵達落葉堆成的岸，
你一定會在，
那裡等著我，
對吧。

會不會其實，
你並沒有要離開，
或你試著走，
的很慢，
我會努力跟上你的腳步，
再等我一下。

加護病房外，大阿姨一家先到了現場，其他親屬都還在路上，兩名護理師上前說明，情況很不晴朗。

必須馬上做出決定，詢問是否搶救，要的話會接著施打腎上腺素進行，眼前被遞上一份又一份的同意書，慌了，簽了，最後對外婆施打了總共九管的強心針。

隨後二姨和他母親才到，她們的大姊馬上站其身快步走來，嘴裡說著剛剛簽的，剛剛慌的，他母親聽完就掉下了眼淚，往往最冷靜的二姨也是，但三姊妹沒有哭出聲來，都只是各自擦拭著眼淚。

他母親屬三姊妹裡個性最激動的，哭著哭著腿一軟就坐在醫院的地板上，倚著加護病房外的鐵門。

二姨一面拭淚一面撥電話催促其他親戚趕路，也許再過不久，她們的媽媽就要離開了，大家趕快來。

大舅是開公車的，輪班時才看見舊款手機上十幾通的未接來電，大舅是最後一個抵達醫院的，剛出電梯，就能聽見家人們的聲音，台灣傳統社會的大家庭，總是零零亂亂，現在大家的母親可能就要消失了，更是雞飛狗跳。

該到的都到了，但外公沒來，二姨說，已經讓爸爸知道了，只不過行動不方便，也擔心他心臟不好，來這裡怕沒好事，大舅也同意，隨後喚自己的兒子，先到外公那裡去，去陪著他，有什麼狀況電話聯絡。

之後家屬們都得知外婆接受了搶救，九管強心針的事，護理師又走出診間，一面說明了狀況，一面詢問著是否繼續搶救，或同意放棄急救。

大舅說，媽媽辛苦太久了，放棄吧！站在一旁的三姊妹，都同意了，也許是明白著，明白媽媽長年臥病在床，明白媽媽身上插了管，沒辦法正常飲食排泄，這些都太多年了，媽媽辛苦太久了，這些子女們都明白。

這次是二姨負責簽署同意書，大舅在一旁陪著，大姨喚來自己的丈夫陪在身邊，聲音孱弱的交代稍後即將發生的事，而母親倒在他身上。

他母親是家裡的小女兒，在最後，她知道繼續搶救是折磨自己的媽媽，但同時也不想面對媽媽將要離開的事實，而因此越哭越悲傷，之後放聲的哭喊，在他身上。

過了晚上十點，外婆身上的導管和儀器都被移除了，這是多年來，他第一次見到自己的外婆如此，外婆回到原來的樣子。

那些人工的器官被移除之後，外婆的身軀明顯了，臥床多年的削瘦。外婆的臉，蒼蒼的肌膚，眼睛還睜著，直愣愣的望向天花板，他想著若是外婆此刻還有意識，她眼裡的絕不是天花板。

依照傳統習俗，要留著一口氣回到家，在家裡才能順利抵達另一個世界，否則靈魂會淪為街頭上遊蕩的孤鬼。

他信服這樣的傳統，此前時常好奇像這樣的原則是否曾被記載，或只是憑藉著幾代人的口耳相傳，這樣的迷信讓人們在必要時凝聚，像是在提醒家裡的人，家的重要，和自身的根。

他和其他親戚們目送外婆上了救護車，大舅和大舅媽陪同，目的地是回家。

外公得知一切，是孩子們早先到他身邊和他說的。

他知道自己的妻子正在回家的路上，自己的子女陪伴著她，很快就會回家了。

二姨說，醫院的護理師幫忙通知葬儀社了，十二點前會到。

其他的孩子們在客廳幫忙，挪開兩邊的沙發，和中間木製的矮桌，空出中央來，接著四張長板凳，搭上姨丈拿來的長木板和草蓆薄被，要是外婆習慣的，大舅有交代。

外婆回家了。

親戚們都到了，外公外婆的老朋友們也趕著夜色到來，比外婆晚回來的孩子，要跪爬著進門，所有人都悲傷著。

儘管那些維持生理機能的導管都已經被摘除了，但外婆的身體，因為強心針的作用還在抽動著，雙手雙腳時而緊縮時而放鬆，瞳孔讓人感覺有神。

這時他母親說，都去和外婆說說話，我們都要去說，說些讓外婆會放心的話，讓外婆舒服一點，讓她安心的走。
子女們說，更小的孩子們說，都跪在外婆的耳邊輕輕說話，多的是喉頭滾著眼淚的嗚咽。

他哭出聲來，而刻意壓低著對外婆說，不用擔心我，不用擔心我們，家裡的事都會被處理好的，我會乖乖讀書，以後會很努力工作，外婆妳辛苦了，快和菩薩去修行吧，妳終於不用為大家操心了，大家都長大了，妳終於又健康起來了，又能快快樂樂的了。

最後輪到外公，她的丈夫。

外公從沙發椅上站起身來，大舅和大姨上前攙扶，他緩緩地靠近她，右手握起她將漸漸失了溫的左手，單膝緩緩跪下，子女們見狀，都哭得更悲傷了。

這時他也跪在外公身後。

他看著外公將側臉慢慢湊近外婆耳邊，他能聽見外公說了些什麼，外公說的和子女們的都不同。

口吻溫和，是不急著說完也一方面擔心自己說不清楚，於是一再重複類似的話。

如果沒有見到菩薩，如果一直沒見到誰前來帶領，如果妳心裡還有什麼不放心的，妳可不可以就坐起來，坐起來讓我看看，如果妳的身體都好了，就坐起來，之後我們再一起走。

妳不要先走，到那個時候，我們再一起走，好不好。

一切都會好的對吧

聽他說一些，
不曾親自經歷的故事，
那裡一定很美，
陽光一定清澈的，
人人都歡快，
像是慶祝著，
明天又要到來。

一切都會好的，
都會好起來的，
對吧，
不用誰說，
我也知道，

可以開始寫自己的故事，
之後講給別人聽，
讓自己也羨慕。

如果時光，
只有向前這一個方向，
希望它別流逝得太快，
我還想，
看落葉慢慢，
慢慢的，
墜落下來。

去年三月底收到一份常態性的工作邀約，類似網路電台，內容自訂，只是需要維持每個月合約規定的播放時數。我安排自己的節目在每個平日的晚上十點到十一點，內容則多半是分享自己喜愛的音樂，和隨意聊著一些貼近生活的話題，也許會說起以往在工作上遇到的煩惱，或憶起當年在校時各種荒唐的故事或愛情。從四月開始一直延續了五個月，九月起因為其他工作，時間壓縮的緣故，與該電台公司暫時結束了合作關係。

五個月是很短的時間，就我現在看來是這樣的，由衷認為那段時光充實而幸福，雖然每晚回到家或忙完手邊工作，都要趕著十點開始電台的節目，有時趕不上或內容的腳本沒時間提前準備好，都讓我感覺焦慮，我也曾和聽眾們分享，多的時候他們會以文字訊息告所我，不用那麼認真準備也沒關係。

每晚十點出現，而那也有人正等著自己，短暫的溫暖包圍，我是被眷顧的，很謝謝那段時間陪伴我的聽眾，現在想起來不覺可惜，幸運是不該被奢求更多的。

倒數的幾集節目裡，我試著傳達節目即將結束的消息，努力讓每位我所熟悉的聽眾知曉，我總想著如果有誰不知道，而他在十點鐘出現卻等不見我，那會讓我感覺悲傷。

直到最後一集節目播出，我也正式告別了這份工作，結束的那幾天陸續收到了很多來自聽眾的文字，多半是祝福和道謝，人之常情那樣，我也回以榮幸的滿足。

在那些訊息當中我認識了一位女孩，名為予曦，她傳來的訊息比其他人的都晚，我在幾個禮拜之後才收到。

「零參你好，你應該對我這位聽眾的名字沒有印象，因為我幾乎沒有在十點的電台首播裡出現過，我都只能在白天清醒時聽你前一晚的回放，你在八月十八號的節目當中問起：『真的會有人聽回放嗎？』才讓我驚覺自己幾乎都是每天聽你的回放度過，我是一九九六年出生的，應該跟你同年紀，你今年二十四對吧？

但因為患有先天性心臟病，左心發育不全，我從很小就是在醫院長大的孩子，從醫生、護理師、護理長、實習生和醫院志工，我總能跟他們搭上話聊上幾句甚至成為朋友。因為我是心臟科的住院常客，我的童年除了上學，其餘就是在醫院裡，我很慶幸自己活到了二十四歲，也很慶幸能擁有和遇見這一路上的人事物。

他們總會因為同情我給我鼓勵和關心，心臟的不舒服只能靠一次次的小型中型手術撐過，但很幸運的我都熬過來了，也擁有給我很多醫療資源和愛我的父母，很多人覺得我很勇敢。

有時候我會看見我的父母，在我的病床旁痛哭著害怕徬徨的樣子，我不曾在他們面前哭過，我想忽略自己的情緒，時常找其他事情轉移自己的注意力，告訴自己一覺醒來就會好，就這樣我在前年大學畢業了，這是非常值得開心的事，我想和你分享。

但今年二月因為心臟問題又住進了醫院，還記得我從四月多無意間聽見你的電台回放，到現在已經成為每天的習慣了，聽你分享時事和生活，或者聽你說起那些大學時期瘋狂的荒唐爛事，聽你分享電視劇跟書籍，感謝你陪我度過白天生活的一小部分，雖然只有那一個小時，但這讓我漸漸覺得，你就如同是一位家人或朋友那樣的存在。

前陣子聽見你說之後有可能因為新工作的緣故，九月就不會再播了，不免覺得可惜，但仍誠摯的祝福你在作家這條路上能越來越好，一切都要加油喔！

人生很無常，常遇見躺在我隔壁床的陌生人，進了手術房就再也沒回來過。因為心臟病的關係我放棄了很多自己想做的事，所以每當聽見你說起你的大學生活，都不免的非常羨慕，長大後除了面對自己人生中的許多無奈，我也學會了更努力去把握當下和珍惜自己所擁有的。

我就要在今天的下午再度進行手術了，經過了半年的風險評估我還是得動手術，想說在手術前跟你分享我的人生，不確定手術會進行多久，但待我康復之後，我會再回來聽你的回放，別忘了我這個聽眾喔。

總之很謝謝你，一切都會更好的，對吧？」

看見這封訊息時，是某個週三上午，我已經不記得當時的自己正在幹嘛了，也許正悠悠走出早餐店，也可能正喝上第一口咖啡，那是對我來說再平凡不過的日子，而我記得自己在讀完訊息之後，哭了很久很久。

我回覆予曦：

「一切都會更好的，一定會，我在遠遠的地方陪你，我等你康復！到時候請務必告訴我，我要親自去恭喜妳！」

在我寫出這段故事的時候，已經是十一月了，只是我沒再收到予曦的回覆，我很希望自己可以去見她，那樣可以當著面和她說些想說的話，像是謝謝她和我分享了她的人生，也藉此告訴了我很重要很重要的事情，而那關於人生無常。

我將妳寫在我的書裡，多希望妳能看見。

我不知道妳在哪，但我希望妳是好的，如同妳文字裡透著的氣息，勇敢而堅韌，知足而快樂，我將永遠記得妳，和妳告訴我的，一切都會好的，對吧。

成長是一堆不值得同情

原來還有力氣，
原來還很愛你，
原來不該說謊，
原來如此浪費。

那些都不值得同情，
早就公諸於世的祕密，
成長裡意識到的後悔，
都已經來不及，
成長裡沒辦法抱歉，
因爲已經沒有意義。

我們都背負著一點點的罪，
之後漸漸沉重，
才像成熟的人。

會忽然地想起不好的心事，在日常不過的午後或晨光撒下的睡眼惺忪，那樣剛從睡夢中回到現實，或發著呆又回過神來，不確定夢見了想見了誰，也沒記住腦海在剛剛那一瞬裡殘留的輪廓，那是遺憾的滋味，遺憾某個誰或當初某個決定，感覺抱歉也後悔。

只是眼前的生活，是下了床刷牙洗臉，早餐午餐晚餐，一天總是飛快地流逝後結束，接著上了床又沉入夢中，或也不夢，長夜不再像青春記憶裡的那般漫長，接踵而至的光陰早已讓人呈現疲態和無感。

也許我們都像以記起什麼小事的姿態，輕輕觸及了一些過往的記憶，點水那樣，泛起漣漪時也不回頭望過，因為明知道不能改變什麼，所以很快會承認，自己不是真的希望當初的任何軌跡能有所不同。

想念本身的傷感，世人早已習慣，就算心思被攪亂了，也知道那毫無意義。

小洧在東區和姊姊經營著一家花店，坪數不大的店面，從走花市進貨到修剪包裝，還有篩選適合的花做訂製花盆和乾燥花束，都是她們倆一手包辦，這樣的生活兢兢業業的也過了兩年。

小店都在晚上十點鐘打烊，那天只有小洧顧店，收拾到了十一點才拉下鐵門，九點左右就和公司同事吃完晚飯的我閒晃了很久，早早站在店外等著，抽著不知道是第幾根菸，想著可以找她打發一些時間。

那是週五的晚上，誰也不急著回家。

我們坐在小店前的台階上。

「今天很忙嗎？」我問。

「最近算是淡季，一整天只是插插花沒什麼特別。」她平時沒有抽菸的習慣，但邊說著也和我要了一根，大概是交際菸的概念吧。

「你今天怎麼有空過來？」

「我和幾個同事在附近吃飯，想說很久沒見到你們了。」這裡的你們代表大學同學，或指除了公司同事和非必要交往卻需要交集的人之外，那些曾一起度過某段時光的朋友。

「這麼晚還在外面遊蕩，讓我懷念起大學。」我說。

「我每晚拉下鐵門離開東區的路上，也都會想，這附近好多深夜不歸的學生，或看起來像學生的人，有時候還能看到有人直接醉倒路邊。」

倆人有點不著邊際地說著一些關於以前的事，明明只是兩三年前，卻有種時隔了半輩子的錯覺，也許那些確知不可能再回溯的歲月都有類似的特性，讓人們感覺幾乎是上輩子了，無論結束和被想起之間距離了多少光陰。

「有時真的很想回去再念一次大學，如果可以的話從小學重新開始也很棒。」

「你最近過得不順利嗎？」她的回覆讓我笑出聲來。

「也不是，工作不就是那個樣子，上班下班的，老闆是有點討厭啦，但稱不上不順利。」

「那有什麼好回去的？重來一遍會更好嗎？」

「我是不知道會不會更好啦，但能確定一定比現在要快樂。」

「如果當時的你很快樂，那我覺得就沒必要重來了。」這時才發現她點著的菸根本沒抽幾口，只是讓它緩慢燃燒，菸草都成了灰白色的餘灰還勉強互相連著不掉落。

「如果重來的話，也許可以讓現在更幸福呢？」

「你不是想念那段時光，而是想念某個人吧。」說完時她的菸已經抽完了，菸蒂沒有亂丟，她掐著菸頭。

「可能是吧，現在的生活這麼無聊，有時就是會突然的想起某個人。」

「那你應該讓生活有趣一點，而不是想些沒用的。」不知道小淯和來店裡買花的客人會不會也用這麼強勢的口氣說話。

「妳覺得她會想我嗎？」我又問。

「會吧，多少都會想起人生中遇過的笨蛋吧，但就算你們互相想念，也沒什麼意義。」

「沒意義嗎？」

「沒有，如果想念或後悔可以實質上改變什麼的話，這世界就毀了。」

「那我想我應該滿希望世界毀滅的。」我最後說。

回想起來，青春裡那些人與人的關係，愛戀也好友情也罷，都像是在顏料過分充裕的情況下所揮灑產生的畫作，色彩繽紛而強烈，該深刻的戀愛的紅就是徹底的玫瑰花園，該頹靡的喪志的黑或深藍就是深不見底的太平洋海溝，都是豐富且能具體描述的情感，有時甚至感覺觸手可及。

也許當時的我們，能留下如今想念起來依舊可以觸及內心深處的記憶，是因為那幾年都活的無所顧忌吧，不必顧慮愛誰需要承擔什麼，不必顧慮快樂時需要預留什麼，不必顧慮心碎時他人投以什麼樣的目光。

如果人生尚未老去的階段，是一場鋼琴演奏，那就像是章節裡的每一顆音符都用盡手指的全力去彈，沒有悠長沒有慢板，都又快又急。

而如今我還未能確定，生活的步調是變得更急躁了還是反而緩慢的悄悄流逝使人難以察覺。

我想我們都需要時間才能看得更清楚吧。

那些過往已成定局，就像小洧說的沒有意義，當它們再被想起時，無論是悲傷，或悲傷和悲傷之間短暫的快樂，都已經是無法改變的。

我不確定多愁善感和容易想念的體質是好是壞，但我已經接受那樣的想法了，無法改變的時光或時光倒流這種事，沒有意義。

這應該就是成長的一種形式吧，最後還能想起一些什麼時，都只會是提醒此刻的自己的經驗，說著下次別那麼輕易浪費，下次別再輕易後悔。

這也許就是成長吧。

天就要亮

等了好久，
那扇門重新開啓，
曾經通往未來的，
現在通往過去，
我們相談甚歡，
祕訣是，
不抱任何希望。

你的快樂不快樂，
現在與我無關，
所以有不快樂的氣息，
那是不倫的目光，
誰都沒戳破，
遺憾的謊。

天就要亮，
無數的我們之中，
這一個我們，
只屬於破曉以前。

不如就這樣吧，
回去過好生活，
別提照顧好自己，
何況那，
早和我們無關。

之後產生了一種想法，像是現在一個人或許比較好，暫時不會期待新的戀情開始，曖昧也淺嚐而止，何況那本來就是一種毒，想戒還會產生戒斷症狀，靈魂只想加大劑量那樣，會一發不可收拾。

不辜負誰的生活，能自在決定任何事情，可以決定幾點起床，如果工作彈性的話，可以決定晚餐吃好一點或只吃泡麵，可以決定週末待在家就好，哪也不去。雖然語氣孤獨，但孤獨是這樣的，任誰皆生來如此，誰不是孤單的離開母體，誰不是先習得了孤單，才尋尋覓覓知曉愛情。

我和她說了我的想法，在過了午夜的視窗裡對話。

她說我能這麼想太棒了，別再出來害人，別出來浪費誰的光陰。

浪費這個字眼在二十歲之後的幾年，漸漸成為常見也刺眼的詞，像是不可能忽略的噁心怪物，掛著邪魅笑容站在身旁一天一天長大，如果放著不管，它就趁你不注意在深夜裡吃掉你。

她說她不恨我了，恨是太深刻的字，現在回想起當時候和我在一起也不過一年半的時間，那是相對於一生來說極為短暫的，用不上恨頂多討厭，但歲月很溫柔，溫柔的撫平那些討厭某人的本意，我能從她回覆我的語氣裡見得。

她說她答應過自己，以一種承諾的姿態，不容許自己再遇見像我這樣的人，可以再接受愛情的失敗，但不能再像當時那樣心不甘情不願，之後什麼都拖曳得很長，影響了後來的日子，看見什麼透出粉紅泡泡的目光時，都感到壓抑也抗拒。

所以在任意的相愛以前，時刻警惕著周圍，欲踏進她心中大門之人，都必須奉上誓言和光陰的考驗，她說起她現在的他就如此形容，說他們將以結婚為前提交往，我回應著那應該花費了不少勇氣吧。

她回應著說也許是的，如果這樣的愛情需要很多勇氣，那麼我正行走的愛途便可以說是膽小的不能再膽小了。

我曾經見過她最脆弱的模樣，當時就像千萬根鐵絲纏繞其身，而敏感的牽扯，只要一稍微動心就會劃出傷痕，更別說是用情至深時，那樣無止盡的深的悔淚。

此刻的我是羨慕她的，我對她說，妳改變得真多。

她說她沒變，還是原來的她，像在告訴我只是我沒仔細觀察。

但就我看來，她眼前的漫漫長途是有明確目標的，人們時常說著目標能確立但未能真的看見，也就灰心覺得那是自己的空幻想。但她的目光不同，雖然她在和我分開之後經歷了什麼不得而知，卻能感覺她確立了目標，也相信再向前走一段路，就能看見了，那是一種相信的神情，而非人們常說的，必須目標具體。

其實很早就能預期這樣的發展，我和她在幾年之後的樣子，也許早就註定。

當初的她就是相信愛情的，而我雖然也是，但卻以不同的角度觀之。

過了午夜之後的很久，視窗的對話還未結束，這讓我想起當時候同居的我們，會在半夜因為其中一個人突然的肚子餓，而兩個人一起下樓買炸物，或坐進二十四小時的永和豆漿。

我並不是不知道她的愛情觀有其道理，只是在很後來才能明白，如果我早早信服，也許現在的我們不用隔著電腦螢幕，但這些都早該被時光沖淡，她也會是這麼想的。能聽見她說說她現在的生活，說說他們的愛情，而我可以說著自己也長大了，這樣其實就算安逸，也幸運，就算有些遺憾，但那都不允許被說出來。

睡意還未侵襲，兩人聊著聊著也過了三點，我問她平常都晚睡嗎？她說才不，日子過得累人，平時早早上床休息了，只是今天難得的沒有睡意。

我也沒有。

幾年過去，我們都學會了處世的矜持，就算聊天聊到半夜三四點，也不顯得曖昧，會說曖昧那種事，是任性的代名詞。現在的我們都負載了太多，也許不算多，更多時候會告訴自己剛好，而正因為剛剛好，節外生枝的紛擾都在眼前顯得那麼不必要，甚至可以引起自身非難。

在一個更現實的層面，我們都過得尚可，我行如孤者卻也自在，新生的粉紅泡泡都將隨即幻滅所以擾人。而她已是有計畫的人，雖然幾年前就親耳聽她說過，只是現在的那個他，會是更適合與她共患難的人選。

'99 7 26

無籬

時光是張白紙，
而我們，
是上頭字跡潦草的詩。

搖搖晃晃，
走到終點時，
記得回頭看看，
是否留下了足跡，
讓誰能依循著找到自己，
我們早就學會了，
像年少時翻過圍籬，
知道那才是歲月，
眞正的模樣。

銀色的歌，
都將如月色相伴，
你一定也望著，
同一顆，
太動人的星辰，
說著，
孩子們，
都長大了。

高中時期的好朋友夢儒要出國唸書了，說這一趟去，等結束學業打算留在那裡工作，順利的話，下次見面會是很久很久的很久以後。簡訊詢問他何時的飛機，回覆八月中旬，心想著在他起飛以前必須見上一面。

大家工作都忙，但也硬湊出了幾個人，開了間牙醫診所的明祐，在報關行上班的元安，和最近進入待業狀態的阿榮，約好了週五那天，那正是夢儒要出發的前一天。

當晚先到了信義區載明祐，他的診所就在附近，電話告訴他我已經到了，車就停在大樓外頭，他的診所在二樓，大大的招牌亮著，見他先是匆匆下樓來，敲著車窗說要我等他一下子，也許五分鐘，說是工作沒交代完，便又匆匆上了樓。

點了根菸等，不到十分鐘便又見他出現，這次換上了便服，一面說他晚餐還沒吃快餓死了，問著等等路上能不能買點什麼果腹，一面拉開車門上車。

他看上去沒有太大的變化，如果要說的話，可能是變得健談很多，記憶裡他不是個話多的人，但非那種不關心朋友的冷漠，而是靜靜守著的姿態，在朋友們需要協助時義不容辭那樣。

距離上次見到他已經是三四年前，當時他正忙著實習，幾乎從我們這群朋友之中消失，沒親眼見到，很難相信或說是真切的感覺這已成真，他成為一名牙醫師，還擁有一間自己的診所，這些對於多年前的我們來說，幾近夢想。

而在夢想落成之後，他告訴我，其實人們的生活也許都無太大不同，都是愁吃愁穿愁著怎麼讓自己更加舒適，讓自己愛的人更加幸福。

我問起感情，他說還是同一個女朋友，兩個人從士林搬到了古亭，說這樣能讓兩個人工作都順路，搭幾班捷運就能抵達工作的地方，不急著買車，買了也沒地方停，也不急著買房，他們是享樂主義者。

明祐就坐在副駕，我們沿經信義路轉成都路上了中興橋，要到蘆洲接阿榮，他和我們約在靠近河堤的地方。當我們抵達，遠遠就能見到阿榮在一家便利商店外的欄杆上倚坐著，他在抽菸，而這使車上的兩人都吃驚，在此前他是我們之中唯一不眷戀菸味的人。說到這點就會覺得自己始終認為他是個善良的人的原因，他總會在大家吞雲吐霧時喊著很臭很臭，卻依舊是我們的朋友，幾次玩笑的誘惑著他要不要也來上一根，他總是會說他擔心家裡的人嗅出菸味。

他沒有第一時間發現我們，我將車停在路旁，喚副駕也下車，我們學著點起了菸慢慢靠近，直至他驚覺著回頭才發現我們，他也知道我們會怎麼想他，招呼的話語裡帶了一點難為情。

說是最近待業讓人煩悶，抽菸是上一間公司裡的前輩傳授的。

三個人成群時，是什麼樣的話題都能引人發笑的，無論是阿榮學會抽菸這件事，抑或是他離職的原因，僅僅是覺得隔壁部門的女孩喜歡上了自己。

他說他還不想戀愛，以一種十足骨氣的口吻，說自己的事業心還很強，必須心無旁騖。

三人熄菸轉身一起上了車。

在車上，阿榮說元安還在加班，晚點會自己騎車過去，我們的目的地是天母，據我所知元安的公司在內湖科技園區，要從那出發前往天母，是一段不短的距離，可見有心。

過了百齡橋行上承德路，阿榮說想聽歌，手機連接了車上的音響，播起張學友的《離人》，於是我們搭著張學友的銀色小船，最後到了天母。到的時候夢儒已經在樓下等著了，像我說的，我們之中只有阿榮在今天以前不抽菸，還沒下車就見夢儒撚著菸靠來，說怎麼讓他等了那麼久，口氣晴朗的不像是明早就要離鄉的人。也許我多慮了，過去常以瘋瘋癲癲形容他，但實際上他總是那個最有計畫也能聰明執行的人，也許他提早了我們都不會知曉的時間做了準備，早就安排妥當，連心理準備也安上最適切的心情思緒，對於明早要出發前往陌生國度的人來說，他的神色讓我感覺踏實，是一點也不用人擔心的。

問起他是不是都交代好了，他說算是吧，女朋友昨天成了前女友，說著其實沒想過會分手，只是她也有自己的想法，所以許下各自努力的承諾，當然也包括好好照顧自己，說未來像擲骰子一樣，如果有緣，就會再見。

聊不到幾句話，內湖的元安騎著他靠著保險兼職存來的重型機車到了，轟隆隆的引擎聲遠遠就能聽見，停好車看他走來，其身後的亮藍色重型機車和他身穿的正式套裝成了巨大反差，襯衫被規定要紮進褲頭，工作的識別證看得出來夾進許多客戶的名片所以胖鼓鼓的，一邊走近一邊將襯衫上排的扣子拉開。

開口的第一句話是他的菸忘在了公司，能不能擋一根，便伸手向眾人而來，我提起阿榮開始抽菸了，元安二話不說以戲謔對著阿榮說著，抽什麼抽不是很臭！拿了整盒過去，還對阿榮說著暫時由他保管。

幾個人到齊後反倒突然安靜了一陣，朋友間多少都會有的尷尬，當面臨什麼重大改變或有如此刻這般道別時，會心想怎麼樣才能不矯揉造作，卻也將情至濃至深。

又多問了幾次，是不是明早就真的出發了，輪流問著，還是殘留了一點不可置信一樣，但再三確定了事實之後，也只能隨即調適心態。男孩們開始聊起彼此的日常，像是幾天後能再見到面似的，說著台北哪一家店上次和公司同事聚餐時覺得不錯，也許下次能約著一起去，說著要不要幫阿榮介紹女朋友，無論他願不願意，還說到可以定期去給當牙醫師的明祐洗牙，幾個人的笑聲迴盪在天母公寓圍成的圈裡。

笑鬧裡的我們，很幸運的是都沒有改變太多，現在想起那個晚上，也會思索著或許見了老朋友，人自然會拿出舊時容貌，以讓自己舒適以待，但那樣也無妨，至少我們都記得，原本該是怎樣。

真可惜，可惜餞別沒有酒只有一根又一根廉價的菸，夢儒也有相同想法，但那是困難的，要老同學們都出現且有時間聚在飯館裡坐著聊天吃飯，那已經是好久好久以前的事了，現在想來奢侈。

我說該拍張照了，街燈太遠，於是拍了一張朦朦朧朧的黑，泛著橘黃是因為台北的夜，最後還是互相擁抱了。重複幾次的擁抱，將思緒拉回離別之情，而那樣的道別其實多半讓人措手不及，因為我們總認為明天一定會抵達，身旁的事物亦然。我總認為那是時光的狡詐，當它的溫水漸漸煮沸，時光早就蒸發成小水珠的白灰，之後飄散，快得讓人不習慣。

給我即將踏上冒險的朋友，如果你真去了很遠的地方，也打算在那待著了，我們都會知道下次見面的日子遙遠，但如果真有再見的一天，回來時請告訴我，或寄來一張明信片，讓我們知道你在哪。

輯三
別把我讀完

湖心

我的，
耳朵，
心跳，
呼吸，
眼睛，
都像鬆手的枯葉，
凋墜的姿態，
悠悠緩緩慢慢。

先是落至湖心，
最後沉入不會結冰的湖底。

我在那迂迴徘徊，
我在靜靜的等，
等著烏雲，
等著那場春雨。

一次春天的雨，成了這座湖，後來成為湖水的雨，不再流向他處。

湖隨著四季改變外貌，時因夏季的怒日閃爍金光，時因十二月的冷酷青藍結冰，可不再輕易的深，就算春天再來還是有雨，但好似不再落進湖中，不再沖刷湖底。也不再輕易的淺，就算秋天的風任意呼嘯，帶來的細砂和枯葉，不會沉入湖面，不過堆積湖邊。

它都還記得，那一場春雨，綿延了幾個禮拜，還記得漸強的東風吹過，還記得這裡本來是一片荒蕪的坎，還記得風裡飽滿的雨水在凌晨傾瀉，濕了貧脊的乾泥，填滿了因乾涸出現的龜裂，殺死了遍地悠長難耐的安靜。

一夜之間混濁都沉澱之後，清澈的湖面在朝陽下特別溫和。

風雨抵達，風雨消散，風雨成為湖的回憶，湖沒能一起離開，湖待在了原地，它記得那場雨的氣息，是帶著五月花粉的曖昧，他清楚自己成為湖的原因，是太沉重的雨。

湖還來不及學會傷心，就先學會了思念，開始思思念念那場春雨，有時還埋怨著，厭惡的看待自己，為何容下了那麼多的雨，就因為滿滿的都是湖水，才沒能和風雨一起遠行。

四季水風車似的，無法分清是誰不等誰，春雨秋風夏日冬雪，來的都在不經意的瞬間。

去的都留下會再被搓淡的痕跡，湖面依舊湛著青藍，光影在那之上忽的穿梭，已經有了魚蝦生活，彼岸都對望著水草蓮花，淤泥會在雷雨後被掀起揚起，隨即又落墜安定，湖畔樹上的枯葉凋零又成了鮮花在周圍生長。湖沒有變，它也沒那樣打算，它想保持當初的所有，讓風雨回來時，能面貌依舊。

它看穿了光陰，或只是沒能爭辯，它比誰都沉穩，或只能靜默，它生來等待，等那場春雨回來，那一場落滿自己的雨，那一場隨風而去的雨，它遇見了很多其他，依著它自認不可能忘記的印象，等待成了一種虔誠，只是還沒等見誰回到它的身旁。

湖執意盼望著，它有時望向天空，有時凝視漣漪的盡頭，忘不了就是忘不了，只是它依舊是湖，它終其一生都有那場雨的一部分。

這樣也很好

妳一定不知道，
妳的寂寞，
也是我的寂寞，
妳一定不知道，
妳維繫了我的城市，
的每一盞路燈和街道，
妳一定不知道，
我在等妳將燈關上，
才甘願睡著。

妳有太多憂愁，
所以海浪徹夜拍打，
上了岸，
我以爲能接住妳，
潮汐又隨月落退去。

夢裡會有妳，
忽明忽滅、忽近忽遠，
醒來時眼角有淚，
妳不會知道，
我多想夢回去，
妳才不會知道，
我不敢告訴妳，
也許這樣也很好。

第一次見到妳哭，泣不成聲的樣子，也許是喝多了，是在幾年前一次朋友們的聚會，KTV包廂裡，哭著哭著陪妳一起暫時離開了包廂，下樓蹲在玻璃大門前的階梯上，妳說妳也不知道為什麼哭，想應該是當時的妳還不夠信任我吧，沒告訴我太多。不是那種無話不談的朋友，就算認識了這麼多年，也許是兩人個性的關係，多的時候，就以真的找不到人可以吐苦水了為由，所以撥通對方電話。

我也不確定自己是什麼時候開始喜歡上妳的，明明早就退去了校園那樣青澀的歲月，卻還能因為暗自喜歡上了誰而感到悸動和一些時候莫名其妙的驚慌，我還真想謝謝妳給了我這種感覺，只是從未有機會告訴妳。

但也不會有那般機會了吧，對此我也不確定那會是什麼樣的機會，可能會是某次我們之中的誰又在深夜撥通對方電話，可能會是哪一次趁著他們不注意我們坐得很近能交頭接耳，還想過也許哪一天能不約而同的在路上遇見，我會提出晚餐的邀約，如果順利，會在告別前告訴妳。

如果妳聽見了也許會覺得是開玩笑，或真以類似那樣的口吻說著怎麼可能。

這樣也很好。

記得有次週日的午後，前一天凌晨四點多才上床的我一覺睡到了下午快兩點，被一通電話喚醒，來電顯示是妳。

那是個很日常的時間，我總認為那樣的週日午後，是這座城市盡可能在自我修復的時光。為了修復或做準備，因為此前的一週，也為將來的一週，所以城市裡的人們都活得慢慢的，或許還在床上，或許已經下了床打開電視關心一下社會，如果都不，也出門把握一些陽光，但那天下雨，如果要出門，也顯得有點陰鬱。

城市的自我修復，也僅僅是那個下午，入夜後會漸漸參雜週一的煩躁。

一接起電話，就聽見妳的哭聲，悲傷的程度一下子還讓我以為妳在開玩笑，雖然也不是頭一次聽妳哭了，只是在這是個平凡的週日下午，情感過剩的眼淚顯得突兀。聽上去像眼淚哽了太多在喉間，妳努力想把話講得清楚，自己也知道如果不振作會讓人覺得莫名其妙又滑稽，所以沉默了一瞬試著靜下來，下一秒卻又潰堤，斷斷續續的像是在說著某個人不要妳了，剛睡醒還能聽出個大概，我應該算是敏銳的人吧。

我想我知道妳口中的他是誰，妳曾經提過，在幾個月前，說他有女朋友但卻追求妳，說著那樣荒謬的話，如果妳答應他，他就去和他的女朋友提分手，怎麼聽都像是垃圾才會說的話。

但看來妳最後和他在一起了，只是沒讓大家知道，包括我。

妳人現在在哪？是我說的第一句話。

人不在家裡，說擔心讓家人聽見自己在哭，所以走到了附近的便利商店，還說幸好週日下午沒什麼人路過。

「還是我現在過去妳那？」

「不用啦，我晚點想去找他。」

也對，妳一定會想去討個交代，或覺得當面說說話，也許就能回到和以前一個樣。

人總是在失去一些擁有的時候，下意識地抓緊，牢牢抓緊，有如那可能是什麼遺失之後就無法繼續活著或保持人樣的事物。無論那好或不好，都因曾經短暫或漫長的擁有，而感到悲傷，這是人性，我沒透露太多，只是說了如果晚點妳要人陪，我再過去。

「分一分也好啦，反正我很討厭他。」這是最後的幾句話，口氣特別用力也是為了讓妳不尷尬，表現的像是我不特別在意這件事，像我還可以開玩笑，像我其實是個局外人，無論從什麼角度觀察，我也確實是。

結束通話時，也才剛過兩點，是一通只有哭聲和我幾句言語的電話，沒有一個結論，但可以成為妳想哭泣時，第一個需要的朋友，我很開心。

想了一下，也許是其他人沒接電話而已。

我下午四點才喝上第一杯咖啡，一直到七點多才準備晚餐給自己，屋外還是在下雨的，我想著如果妳真出門找他，而他不願見面，或幾句話就急著離開，妳會不會待在雨裡，也許待著待著又會哭了。妳會再撥通我的電話，因為妳知道我會接，我會乘風似的到妳身邊，聽妳說他怎麼對妳，說一些很悲傷的話，妳的眼淚又會卡在喉間講話斷斷續續沒有邏輯。

我想著。

只是那天，妳沒再打來，我等到了很晚很晚。

也許是太晚喝了咖啡，精神還未有任何耗損，就像等著一場好夢來臨，但一直沒有睡意。

潔癖

那些礙眼的，
那些破壞完美，
那些從牆角裂縫偷偷滲出，
房裡都因它透著暗色調，
那都不該被容忍，
都不該存在，
會提高風險，
會產生發炎反應。

你用火去燒毀，
用電鑽撞碎，
用鋒利的手術刀切除，
用炙熱的陽光曝曬，
用大海淹沒，
用雙手掐死。

舒坦了，
溝通的橋梁，
通往任何情感，
可以了，
一樣可以當一個，
正常的人。

已經不知道第幾次大吵了，有時覺得兩個人在一起，好辛苦。

「我不想再說了。」林巧心直直站在玄關前。

「……」

「今天晚上我回我那睡，明天再來收拾這裡的東西。」看吳唯也無話可說，巧心最後說完就要走。

「嗯好。」吳唯的音量像只講在心裡，巧心再轉身去看，他已經躺上了床，趴著背對門口。

你們一年多前在學校的球場邊認識，當時各自都有另一半，之後也都為對方分了手，兩人都是急的個性，也都浪漫，有時是太浪漫了。

其實推開門的時候，是想要他來阻止的，這也不知道是重複了幾次的戲碼，巧心認為這可以漸漸成為一種習慣，兩個人的默契。

別吵架吵到不可收拾的地步，愛情都還算完整。

而這次不同，門真的關上了，碰的一聲，林巧心才想起來沒戴上自己的那一份鑰匙，也好，表示決絕的心意，也許這能讓他慌張，還有餘心這樣盤算著。

提著剛剛沒來得及關上的包包，穿著拖鞋，巧心沒就這樣離開，還是有信心的，腳步停在門外，也許再後退一點，再退一點，等到吳唯開門的時候，別讓他能直接看見自己，會顯得漏氣。

五分鐘過去，十分鐘過去，開始起了疑心，或不能稱上疑心，是動搖了對自己的自信，他該是時候推開門來追趕上自己了吧，怎麼沒有，一不注意半小時過了，才發現雙腳站的有點痠還顫抖著，不確定是心情沮喪了還是大吵時發盡了氣力現在疲弱。

真的回到了自己的租屋處，這讓巧心更是煩悶，和自己想像的不同，失落感覺得自己真的被拋下了。

夜才剛過了十二點，感覺很漫長。

林巧心在等，等手機的訊息亮起螢幕，如果有，房間裡的昏暗會讓那很顯眼。

或等門鈴聲，也許吳唯想通了會直接跑來，登門以抱歉的姿態，那樣應該溫柔極了，巧心早就想著無論他將要說什麼，都會在見到他就在門外的那一刻馬上鑽進他的懷裡。

吵架是起因於手機的事，類似的事情早就討論過了，林巧心一直想要吳唯的手機裡只有她，只能有她，巧心說這是理所當然的事，前任也都是這樣。

她希望通訊錄裡，相片集裡，最重要的是社群網站上只能有她一個異性。

其實他已經盡量配合著刪掉一些不重要的人，離自己遠的人，但總辦不到趕盡殺絕，他感覺那有失一些道義。

對於另一半的身邊有其他女孩非常介意，有時吵著吵著恨不得當場撥通電話給那些人，大聲告訴她們是因為她們的存在，造成了自己感情上的失敗。

她曾對他說過，這些都只是因為太愛了。

吳唯怎麼想不得而知。

夜深，手機螢幕亮了，吳唯傳來的訊息。

「我們分手了好不好。」

「為什麼？」巧心馬上回覆。

「我們不要再這樣互相折磨了，我好累。」

「什麼意思？我不覺得被折磨啊，我不喜歡那些女人，就只是這樣而已。」

「我累了。」

「隨便。」其實賭氣的說。

「明天早上去妳家拿點東西。」吳唯最後說。

林巧心以為會有更多對話，他應該會留點餘地讓她說點什麼，可能道歉也好，自己不應該這麼任性，我還是很愛你，只是鬧脾氣，可不可以現在就回到我身邊，我們和好了，我原諒你了，像這一些話。

只是最後什麼都沒了，時鐘過了兩點半，突然好安靜。

隔天一直到了傍晚，吳唯才出現在她家樓下，見到面時他臉上掛著刻意擠出的笑，只停留在嘴角，有點吃力。

巧心很安靜，兩人走在了前後一起上樓。

「我來把一些東西帶回去。」吳唯說。

「你是不是不愛我了？」他背對著收拾櫃子上的那些雜物，巧心說著，音量確保能讓他聽見。

吳唯沒有回答，也沒有轉身或停下手邊的動作，收完了櫃子接著將視線轉向書桌上。

「你是不是喜歡上其他人了，其實你可以跟我說的，那會讓我好過一點。」巧心又說，不知道哪來的想法突然脫口而出，她沒有防備的樣子聲音比剛剛小了。

過了幾秒，那足夠使傍晚的光影略過簾上都顯得突兀。

吳唯還是不說話，他不想回答，該是心煩意亂的吧。

因為兩個人的安靜，房裡的空氣都緩慢了下來，沉沉的，巧心覺得被什麼給壓住了，胸口悶著的煩躁感覺快要溢滿，好想生氣。

林巧心走向吳唯，一手打落他正在收拾的一切，把紙箱踢開。

「我到底做錯了什麼你要這樣對我！」將所有沉落的冷空氣推開的音量。

「我沒有喜歡上誰，我只是無法再喜歡妳了。」他終於說話了。

「為什麼？」這次她沒有哭，神情理直氣壯了起來。

好像是看見她理直氣壯的樣子，他把剛剛已經到嘴邊的話又收了回去，林巧心能察覺，只是兩人又沉默了。

他不想爭了，她很生氣，她不懂為什麼會變成這樣，她討厭這樣，愛情不該就這樣結束。

她不知道他那時究竟想說些什麼，她很想知道自己到底哪裡做錯，但他不說，她也永遠不能明白了。

最後他還是離開了，巧心一個人在房間裡，這次是很想生氣，卻再也沒辦法提起精神，她開始消沉起來，最後是一段漫長，讓人看不見希望也聽不見城市塵囂的漫長。

為什麼愛情不是想像的那樣，為什麼他看起來那麼不愛自己了，她一直哭，哭到覺得累了，像這樣一直到自己睡著。

ZEMOK
KIDZARG
square
JSONE
24K
ZEMOK
CASH
LEONE
MIN
DIMN
BARES
DAT
WAS
HERE
FAS01
MISSN
買那個
PIM9

藝術家

總要有點瘋癲，
才像是藝術家，
眼角流出了線條和顏料，
心窩是麻布和蠶絲的結。

他愛得沒有中間值，
灰色地帶會讓鮮豔暈染，
街道上的人群都要起舞，
唱著不成調的咆哮，
用以最晦澀或最乾淨，
去擁抱。

誰妄想追隨，
他的方向，
以爲那裡會有他的心，
以爲能解答那些無理的言行，
最後看見他的眼裡，
是悠長的銀河，
遙遠卻動人。

半夜他突然的大哭，都把妳給嚇醒了。

怎麼了？妳慌張的問。

他哽噎著說，說他做了噩夢，夢見妳不要他了，夢見妳離開之後，他孤身一人的行走在寒漠上，雙眼因風雪必須很吃力才能睜開，雙腳的腳趾因凍傷而血肉沾黏，每一步都是無盡的痛楚，走不遠也看不清的噩夢，抑鬱而悲傷。

妳抱住了他，將他摟進胸前，說著沒事了，那都只是噩夢，妳不會離開他的，他也不會一個人去到那種地方，妳嘴裡這樣說著，而這其實不是第一次了。

他是一位畫家，比妳大四歲，很早就有成就了，當初會喜歡上他，是因為他那份自信的才華。

妳從商學院畢業，不大懂藝術，但妳能從他的畫裡，感覺到溫度，有時還能夢見自己，身在他的畫中。

他最近的狀況很糟，菸越抽越重，每天晚上服用的安眠藥，從兩顆變成了八顆，妳知道是因為畫展的原因，他想展示新的畫作，但遲遲未能下筆，他的創作遇到了瓶頸，他對於這樣的狀況不知所措，是過去不曾碰見的。

他擁有一間自己的畫室，最近的他，總是獨自待在裡頭，一整天都不見他推開房門，有時妳端著咖啡進去，他會一面說著謝謝，但眼光從不曾離開那張大大的，快三公尺高的，空白畫布，他就那樣盯著。

顏料都像是新的，五顏六色的排列在他方便取得的距離，稿紙和畫筆也都靜靜的躺著。

妳在銀行的行政部門上班，每天六點離開公司，都會幫他買晚餐回去。

他喜歡吃咖哩飯，可以連續好幾個禮拜都吃一樣，對於他的靈感，你幫不上忙，也許盡能力所及，就是照顧好他的三餐了吧。

那天，妳進到畫室，要收拾晚餐的垃圾和餐具，走近他的身邊，才發現他一口都沒有吃，他說他一整天都沒有吃東西，但一點也不覺得餓，手邊是草稿，緩慢且不規則的打著草稿，妳沒看出來他在畫什麼。

妳很開心他終於有靈感了，總算是放心了些。

但他那晚，沒有回房間，妳知道妳可能會吵到他，便沒有再去到畫室，妳躺在雙人床上，等到了凌晨三點，妳都沒有見他從房門進來，之後妳睡著了。

之後的一個多月，他都忙到早上才在畫室裡睡著，而妳是獨自睡在那張雙人床上，這一個月裡，每當妳進到畫室關心他，他總是說著，再一下子就能完成了，執著的眼神裡爬滿疲憊的血絲。

原本空白的那張畫布，在這段時間裡，妳從來都看不出那是在畫什麼，只見到一片深深的黑，那樣的黑，從原本局部的一公尺高，漸漸蔓延生長至快整面畫布。

妳因為擔心，也開始莫名的為此焦慮，妳的愛人不眠不休、營養不良的癡迷於藝術的狂舞裡，妳進到畫室，卻只感覺觸碰不到他的世界。

妳也開始吃安眠藥了，因為每晚無法控制的想要等他回房，但始終等不到。

他的容貌都枯黃了，像八月的葉子，而那幅畫，一天一天慢慢完整，就像是在吸收他的養分而茁壯自己的寄生關係。

最終隨著他病倒，畫也完成了，他被送進醫院，過度疲勞的一些症狀，妳幫他準備了湯還有食物，溫暖了他，他一邊吃吃喝喝，一邊哭了起來，哭不出聲，就只是眼淚不斷從臉頰滑落那樣。

那副畫依舊是漆黑的一片，靠近邊緣的畫布，是以肉眼看上去更深的黑，像深不見底的井，一團混沌，妳依舊看不明白，不管看幾次都看不懂，只不過在愛人病倒之後，總感覺黑的部分越來越黑了。

現在下班，不僅會幫他帶上咖哩飯，還會在醫院陪他待到他睡著，才獨自搭計程車回家，一個人回到你們的住處，洗完澡，躺上那張雙人床。

安眠藥漸漸無效之後，妳也學著他加重劑量，那讓腦子沉沉的。

那天，妳也做噩夢了，妳夢見窗外是一望無際的寒漠，紛飛的雪，妳感到極度的恐懼和孤獨，妳推開了門，看見眼前的風雪，妳試圖去找他也大聲喚著他的名字。再向前一步，妳感覺自己的雙眼要瞎了，感覺自己的雙腳將會因腳掌瞬間的凍結又出力抬起而皮肉綻開，妳被嚇醒了。

坐起身子大聲哭了起來，像是死裡逃生。

妳突然想去畫室一趟，妳想去看看那幅畫，那幅畫是妳愛人的心血。

進到畫室，翻開覆蓋著畫的防塵布，當妳靠近那片黑，妳正想努力理解，但驚魂未定，腦子還昏沉，妳湊得更近些，這才發現畫布正中央位子，有微微的亮漆散落。

是銀河，原來那些黑，是宇宙，而渺小的，是銀河，妳最後才發現。

'99 7 26

回信

沒人回信，
就別再期待，
要學著習慣。

就算，
在信裡寫滿，
你要的那些成熟，
你要的那些承諾，
和盡可能類似你曾說過的未來，
附上深褐色的落葉，
讓你知道，
寫信時的季節。

四季都在信箱周圍徘徊，
在等捎去的光陰，
是否有人回應，
只怪晚冬的冷雨，
暈開了墨，
也許最終沒人看過，
讀了也未必能懂。

兩個人在機車上，一路要從台北到桃園，妳一邊說著小心騎路途很遠，又一邊催趕著說一定要八點前到，因為妳最愛的樂團在那個時段表演，我說我知道，妳只管抱緊我，如果冷了要說，出門前幫妳多帶了一件外套。

行經沿海的快速道路，城市外圍的工業區，入夜後看起來就像是可怕又魔幻的有生命的山，亮著橘黃色光芒，遠遠的能聽見器械聲響，迎面風速很快，兩人像挨著一起逃離著什麼。

那是某年一月底的鐵玫瑰音樂節，妳說妳從高中開始，每一年都會來，只是妳今年太晚想起來，告訴我的時候已經是當天傍晚，我問妳還是我們現在就出發，也許能趕得及聽妳最愛的樂團，妳當時驚喜的雙眼裡透著的開心，我都還記得。

那個晚上離開桃園的回程，沒有要再趕往哪裡，漫漫的夜也就慢慢的騎著，妳還在說糯米團的歌和剛剛的氣氛有多好，我說我喜歡《巴黎的草莓》，妳說妳也好喜歡。

妳以前就有玩樂團，是個女主唱，因此更容易為此感動吧，我騎車必須看著前面，但從聲音裡能聽出，妳擁有一個美麗的夜晚，有時會想，在那以後的妳想起這段過往，眼底會不會還有一些閃閃的光。

「妳再也找不到這麼好的男朋友了！」又是那沿海的快速道路，快過午夜，車道上只有我們，我大聲喊。

妳沒有回答，只是更用力抱緊前面的我。

我是在好久之後才突然想起，我們沒有好好說過再見。分開好像就是這麼一回事，因為本質上悲傷，所以想做到兩個人面對面以尊重和正式的態度處理，加一點點儀式感，或說好了道別之後重新開始的生活會是什麼樣子，很困難。

也許世上曾經相愛的人們都認知到了這一點，只有我後知後覺。

我曾經寫信給妳，在分開之後，想當時應該是還愛妳的吧，才能做出如此浪漫的事，回想不起來信裡具體寫了什麼，只記得寫得滿滿的，可能是一些挽留的話。雖然那距離我們分開也不知道多少時日了，也可能是硬生生從心底擠出來的祝福，說一些我也會好好照顧自己的，等到我足夠成熟，等我更好了之後，我們再見，類似這樣的話。

信就放在妳下班時會經過的地方，車站裡的置物櫃，我傳了簡訊給妳，附上置物櫃的密碼，提醒妳記得去拿。

妳只回了聲好，那時的我不打算再見到妳，我想妳也會是，就算我知道妳可能來收信，我沒有選擇徘徊在附近等，也許是我不敢，不敢親眼去確認，信有沒有真的順利抵達妳的手上，甚至去親眼見到妳打開來看。

心想這就留給妳決定好了，沒必要讓自己承擔更多的遺憾或期待。

我刻意避開妳下班時可能會經過的所有路線，從南二門走出去，繞著繞著在台北車站外的廣場，那是七點半的忠孝西路，人龍在等一班接著一班的公車，是城市最煩躁的時刻，它要將所有要回家的人送回家，像排解體內的毒素，雖然路都堵塞了，但只要再一兩個小時，人潮就會退去，之後城市恢復健康。

我感覺自己好渺小，我沒走進人群，我站得遠遠的，在大樓外沒有遮蔽物的地方，陣陣風很急，感覺風再大一些，就會將我吹走一樣，心境上，我不確定自己是變輕了一些，還是碎的，總之怕風吹來，會灰飛煙滅。

之後的日子，我沒問過妳關於那封信的事，也許妳根本沒有去打開置物櫃，也許妳有，也看過了，只是不再有什麼話想對我說。

那些都不能確定，我也告訴自己，不用去想了。

能確定的，只有我沒收到回信。

也會想說不定那封信，現在還靜靜躺在那裡，說不定會被不知道哪裡來的路人撿走，那讓我感覺難為情，他會讀到明明想告訴妳的一些內心的話，也許那會讓他笑出聲來。

說給自己聽的

把給你的，
都盡量拿回來，
拖著偸著也不甘願，
把全宇宙拿了回來，
也把全宇宙埋進土裡，
如果發芽了，
記得回來看看或寫信關心。

願你，
有新的陽光，
有新的明月，
走進繁花開滿腳邊的路，

走出風雨簌簌的森林，
那裡，
會有一個新的你，
和我想像出來的美好的他。

他會牽緊你的手，
像我此刻牽緊自己，
我要說滿祝福的話，
就算沒有一句出自眞心。

'99 5 15

世上有那麼多的愛情，有那麼多情人的甜蜜，之後剩下了好多傷心，和更多的妥協和無奈，最後世界佈滿了眼淚，平時看不出來，不經意的碰撞或遇見，或天空今天特別晴朗，就可以輕易的悲傷。

我也是其中之一了嗎？

那時候妳沒有說，妳愛上了一個新的誰，我也沒有親眼見過妳挽著他。

但在這個網路發達的時代，很難不知道妳在和我道別之後沒過多久，身邊有個新的人照顧妳了，看似也沒有刻意地藏。

沒有誰再叫我趕快回家，或回到誰的身邊，也就常常待在外頭，待到很晚很晚的那種，就是不想回去，回到一個人的房間，原本一起養的貓，也被妳接走了，當初應該努力爭取扶養權的。

多的時候會打電話找人吃飯，再晚一點就問朋友要不要去ＫＴＶ唱歌，盡可能的找到哪裡的朋友，和我一樣夜未歸的人，找個地方路邊也好，待著混著也許喝醉了，不耗盡精氣不罷休，好讓自己一回到家就能什麼都不想的睡著。

最怕還有精神的時候，有餘力想妳，有餘力傷心。

有一次打給妳，就在很晚的晚上，妳接通了，幾句話說著要睡了很累，還送上你也該早點睡之類的話，客套的雞皮疙瘩。

現在想來，該是當時的妳如果不接起來而選擇掛斷，身旁的他反倒覺得奇怪吧，他就在妳的身邊，就在同一張床上。

爾後死活都忍住，把手機放在離床很遠的地方。

對於分手其實早有預感，之後是一一的驗證，接著破了局，臨別還大吵了一架，那算是我們吵最兇的一次，妳摔東摔西，我也不甘示弱，吵著吵著越站越遠，始終保持著距離，不讓對方有機會突然的，抱緊自己。

現在想想，如果當時忽然走向妳抱緊妳，應該也抱不回愛情了，妳會把我推開，只是怎樣都不可能鬆口，我們是因為第三者才結束。

也許是最後一架吵得激烈，徹徹底底的撕破臉，兩個人各自成了一個人，更顯得平靜安靜，像世界突然的暫停，暫停了很久。先前的情緒都太高漲，滿出來之後不是一發不可收拾的氾濫，而是悵然若失，空洞洞的眼睛開始四處張望，許久才發現自己還待在原地沒走。

我想我是樂觀的，也可能是後來才如此，不得不的一種展現，如果妳開始了新的生活，那我也該開始了，求生意志帶領著，僅剩的一點方向感告訴自己，要經過一段時間的修復，要相信自癒能力。

其實也曾想過，還是就隨情緒爛成一灘泥，比起硬著頭皮保持人樣容易，也或許我試過了，只是不用多長的時間便能明白，那不會更容易，只是讓一切更難。

還是要做好準備的吧，就算還不清楚為了什麼準備，可能會是更悲傷的悲傷，可能是新的戀情，一段感情結束之後的未來什麼都可能發生，我想盡我所能的整理自己，像撫平皺摺，等著下次還會有個誰來攪亂，在那之前，要回歸平整。

妳不愛我了，這感覺越來越清晰，我不會說我偷偷看了幾次妳的限時動態，像幽靈一般遊蕩在社群平台，我能想像你們熱戀，熱戀是遺忘過去和妄想未來的特效藥，如果突然的想起我，那也只是暫時的副作用。

我要說一些祝福的話，像是他一定比我好，他會待妳更加溫柔。他會帶妳去妳一直很想去的度假村，他會在度假村單膝下跪求婚，而妳哭得唏哩花啦答應，你們會在西式的教堂結婚，也許去關島蜜月。之後生兩個小孩一男一女，孩子都聽話，還在市區買了一間新房，從此快樂又幸福。

說完了，只是我沒想過讓妳聽見，是講給自己聽的，看看說多了會不會死心。

也讓我少想一點關於公不公平的問題，原本就不是付出多少便能收穫多少的，就讓他愛妳吧，妳也愛他，我只是暫時沒人愛而已。

三越
MUSIC
每月
30
元起
HOME SHOP
'99 1 14

自言自語

雨在說，
柏油路在說，
那之上的行人在說，
那之下的城市在說，
而我無語。

耳朵掉在了秋天，
落葉堆裡，
有逃亡的聲音，
眼光落在夏天，
海浪泡沫上，
隨即漂向遠方。

我在等，
等往事如煙，
但還未見散去，
我在寫，
寫自言自語，
而沒有誰會在意。

此刻我是無神論者，神從來都不存在。

就算存在，也從來不曾知曉，祂不知道我是誰，祂不知道有這個世界，祂不知道我在這個世界遇上了誰，過得怎麼樣，開心或傷心，或我此刻蹲坐在窗邊，試圖祈禱，只是從中得不到歸屬，因此孤獨。

此刻我很健康，我不會吃太甜的蛋糕，我沒學會抽菸，那吸吐沒辦法消滅我的焦慮。

我早睡也早起，沒了惡夢和失眠，我沒戀愛過，我沒打算愛人，我的靈魂很完整，沒虧欠過誰，沒有誰需要報答我。

我喝無味的水，不會離電視電腦太近，視力清晰。

此刻我是無知的人，我不曾聽聞宇宙大爆炸，我不能定義質量和速度，時間只是時鐘的刻度。

我認為政治很單純，我認為歷史都不會有人記得，不用回頭審視，我不看書或寫詩，我更樂於跟在他們後頭，我不知道懸崖是什麼，我不知道潮汐是什麼，我安定，且快樂。

此刻我有很嚴重的社交恐懼，我擅長用電腦或手機打字，我週末夜不會出門，我不會自拍或在景點打卡，我不習慣留下足跡。

咖啡只是咖啡，沒有文藝或愜意的幻覺，我只有兩三個朋友，我不會隨意稱其他人朋友，瑣碎的都是祕密，一不小心會太親密的，我都尷尬，會一個字都接不上，喘不過氣，我會拔腿逃離。

此刻我是正義的相反，我是稀薄的少數，我是太龐大的少數，正義太單純，正義彷彿不容辯論，狹窄的快要窒息，所以被排擠，互相碰撞，無力支撐的，都在下一次正義光芒萬丈時，變成了暗。

此刻四季只剩秋天，會有堆成小山的落葉，會有不用開冷氣的涼風，水果只剩柿子。

賴床成了所有人的習慣，憂鬱症患者人數不斷上升，不再有梅雨季了，水庫會缺水，手搖飲料店的成本上升，店家都會不堪負荷。

我會，一直太想念妳。

此刻我是無名之人，我和你沒有不同，我們和他們沒有不同，我成了蜜蜂或螞蟻，庸庸碌碌的樣子。

我會西裝筆挺，穿著和他們同款的皮鞋，相同價位的手錶，說著一樣的話，領著一樣的薪水。

每年不會再有生日，因為我們都一樣，所以沒有值得慶祝的，我也會接受這種狀況，因為安全，我不會比較明顯，我不會有其他顏色的亮光，天上也不會再有彩虹，因為我也不再抬頭看了。

此刻我很安靜，我不評論，做一名觀察者。

靜靜看著，看著他們相愛，看著她失戀，看著回憶都成了廢物，看著她不再相信愛情。

靜靜思考著，想著她的成就，想著他的墜落，想著有人死去，想著嬰兒哇哇的哭聲，想著這個世界落花紛飛，想著這個世界塵埃遍野。

好好哭

已經來不及了，
只是期限，
依舊是模糊的概念，
有什麼等不來，
也追不上了，
多希望是被追趕的人，
至少可以選擇，
不逃了。

看開一點，
是最敷衍的安慰，
無論自己，
對自己說過多少遍，

時間沒因爲，
脆弱，
而飛快逝去，
世上的悲慘，
都在等著被它沖淡。

好好哭，
哭一遍，
一遍不夠，
就哭兩遍，
三遍，
讓雨落到下一次晴天。

妳打給健身房預約了更多的瑜伽課，計畫接下來的一週，只要下了班就到健身房運動，如果一個月的課堂數都排滿了，就去上英文課。年底的考試可以更專心準備了，妳知道自己無法獨自完成這項將時間塞滿的任務，於是伸手向這些外界尋求幫助。

極度的渴望著，只要回到家就能累得不支倒地，那樣就不怕睡不著，也不怕夢見什麼太清晰的夢了。

妳一直都認為自己是個做事果斷的女孩，有需要時可以帶著漠然而決絕，如今才見識到自己的另一面，柔軟的絲線那樣，透著光有無害的意象，溫柔得不能再溫柔，而那是時時都將被微風摧斷的，極為脆弱。

他與妳分開，是妳從沒想過會發生的，你們相愛了兩年，其中甘苦參半著，妳以為這是幸福的前兆，只要細心呵護，或更愛一點，就沒什麼需要擔心。

只是最後分開究竟是分開，妳試著提醒自己該做一個明事理的成年人，此時的妳不再悠遊於青春歲月當中，那可以任性可以執著的時光逝去了。

妳也談過不少戀愛，妳明白有些人想走，並不需要太多明確理由，多的時候那些人是沒有徵兆的，妳會想那就像患上了不祥之症的病人，無聲無痛的無疾而終。

妳還是很想他，這無非是分手之後的陣痛期，想念和依賴感依舊緊緊纏繞於身，心亦然。

雖然已經盡力消耗著多餘的精氣，但悲傷如雨，或大或小的，儘管撐著傘也不可避免的潮濕。幾次掉以輕心的失眠了，有如一失足就掉進最深的海溝裡，並非翻來覆去或數羊跳過柵欄就能入眠的。那幾次往往會與日出相見，它刺穿窗簾侵擾，將房內賦予希望的光，妳恨透了晨光，妳還未準備好醒來，也好幾次深深感覺不願踏進明天。

妳還是很愛他，很愛很愛很愛，已經分不清楚愛他是因為他離開自己還是原本就是如此，這是自相矛盾的問題。如果當初就足夠愛他，也許早早能嗅出悲傷的氣息，而妳並沒有辦到，這讓妳開始自責，自責是無底深淵，在失眠的夜裡無止盡的思索著，是不是自己不夠好，是不是自己沒能照料周全，才導致曾抱緊在懷裡的愛情如同沙漏那樣逝去。

妳也會忍不住再撥通電話，或打字訊息，和他分享妳日思夜思的煩惱，他說他也不懂，而妳只覺得自己愚蠢，人在悲傷裡總是如此的，見什麼都覺愚蠢，尤其對於自己，就算旁人看來，妳沒有任何可以挑剔。

他也說過類似的話，其實妳真的很好，可以說是他所交往過的女孩當中最好的。他也算是誠實，其實他也不知道吧，不知道愛情消失的明確時間點，也許那對於你們來說，是沒有必要找尋的答案。

暫時找不到出口的感覺，其實自己也想多待在原地久一些。此刻黑暗適合自己，能被照見的角落，連塵埃都是幸運的，妳不渴望那些，如果可以選，妳還是希望他回到自己身邊。

所有痛的困惑和猝不及防，都成了雨水流出眼眶，當時正是雨季，妳多希望窗外的雨可以一直這麼下下去，幾近央求的。妳希望天空也為妳哭泣，妳想一直哭一直哭，哭到沒力氣時繼續的哭，哭到枕頭長出鮮花，哭到再也感覺不到心碎時，也許就會好一點了。

妳在心底喃喃自語，默念的口吻像在背誦佛經，或許那真的是，而妳正一面祈禱一個誰來渡妳，或也希望自己置死地而後生，方能前來渡了自己。

好好笑

也許我眞的，
是宇宙的中心，
像某種假說，
世界其實繞著我轉，
當我看似幸福，
他們也是，
當我不再幸福，
眼裡的他們，
都更幸福了。

好好笑，
我想，
世上只剩我正在經歷悲傷吧！
好好笑，
我想，
寫了再多詩都沒人可以明白。

好好的笑，
當他們目光裡，
那個我還極度正常。
好好的笑，
不能被看出，
自己還在努力假裝。

哭聲讓人感覺赤裸，本質裡含有羞愧的罪惡感，像什麼裝掩都沒有的軀體，有時被看得太清楚，也看穿，那清楚到讓人再也忘不掉那樣羞赧的容貌。

我聽他哭，也聽她哭，聽多了就會分辨哭聲，有的是傷心欲絕的，聽起來就像荒蕪裡初茂的小草，孤獨面對黑暗的世界，除了冷風吹過以外，再也沒有生機。

有的哭得感人，那多半是短暫如煙火的熱淚，不會有喉頭滾動著眼淚向下的懸空感，那是值得一同分享的。

有的像自然能量釋放，而每個人的能量累積原因各異，除非哭泣的人自述，否則總讓人感覺，那是生活裡自然而然累積了，因為瑣碎也渺小所以不可告人的思緒，而堆成了眼淚的型態，在快要溢滿時讓人特別憔悴，之後這樣的哭聲，被統稱為生活。

有時會認為，這樣的哭聲，沒有比較不傷神，像小雨似的悠長綿延，像整個五月，其他色彩強烈的哭泣，都像疾風大雨，多半來了又走，頂多留下土石流。而靈魂待在潮濕的季節裡，久而久之，以這就是生活為由的，不斷覆上一層又一層的雨水軟泥，以為自己正待春天到來，會再長出新生的花，會再有蟲鳥拜訪，但實際上像是沒了四季的人，永遠的活在失了神的陰雨時節中。

也許這樣的眼淚多落下幾次就會開始懂得，當生活越來越接近它原本的模樣，人們從原本的若無其事逐漸轉變成恐懼，之後試著拔腿奔逃，最後就算習慣了生活，卻再也沒停下來過。驅使向前的動力由恐懼和渴望自由的本能，轉變成了時間，時光還在推移著向前的一天，生活就不會停歇，人會累，卻也深深明白。

凌晨五點在回家的計程車上，和他們唱完歌接著到朋友的工作室裡繼續喝酒聊天，一直到剛剛才結束，才說了再見。

台北市的公寓一排排的覆蓋，若不走在忠孝東路那樣的主要道路上，便會被偷走一大部分的天空。那時候接近日出時分，夜裡的街道緩緩由伴著昏黃路燈的黑暗，轉為淡藍，柏油路面重新呼吸，人造的萬物即將甦醒。

他們都是親近的好友，男男女女都順著流年逝去，而在臉上增添了幾分成熟，也能說是一種相較於以往的平淡，平淡裡帶著各自對生活的焦慮和心煩。

聊了真正意義上的徹夜，聊快樂的事情，有趣的，或工作煩悶的，討人厭的，說一些父母的期待，或另一半的目光，也說戀情遇到瓶頸，或終於等來愛情，他們說的話裡都透著各種不一樣的氣息，有的使人微笑，有的使人一同掉進漩渦。

而我說的不多，我喜歡笑笑的，在話語間穿插著笑話和沒有建設性的看法。我知道自己無足輕重，我更像一個陪伴角色的演員，多的時候也不用演，自然流露出擅長傾聽的模樣，他們可以盡量的說，我什麼樣的話題都能回答。

也會想，我能不能也像他們那樣，把話說出來。

想得簡單一點，說點無關他人痛癢的心情，說點生活裡小小的期待，或是最近的計畫，計畫進行的順利與否，也許都可以說出來，讓他們多聽一點自己的聲音，展現一點存在，我也會這麼想，時常。

只是沒有辦到，這是最常見的縮影的人生，並不是什麼想辦到的事就能辦到，所以人才不快樂對吧。

我還在回家的車上，計程車司機不和我聊天，白天的司機和夜晚的司機不同，白天的司機總是喜歡聊天，會問我幾歲，問我在哪裡上班，從事的工作，或只是不停的說著他自己對社會的看法，多半是怨天尤人但卻帶著鼓勵的故事。

夜晚的司機很討厭，會不著邊際的說一些話，卻其實比較在意乘客的狀況。像後視鏡裡的目光，和以玩笑的口吻問著會不會吐啊，連問幾次，還再三告知椅背的袋子裡有塑膠袋，如果想吐要告訴他，一定要告訴他，像是愛人那樣，心想著自己卻以為那是愛了。

而我正乘坐的計程車，從深夜裡出發，抵達就會看見天亮，介於白天和夜晚之間。黎明破曉的計程車司機，比起任何其他的司機都還要安靜，頂多確定乘客的目的地，接著不發一語，連藉著後視鏡觀察我都沒有，只是看著他該看的前方。

我想這是最適合我的司機，謝謝他在深夜的台北市裡找到了我，我也找到了他，之後不看我，不在乎我，像是隔著宇宙的前座和後座。

回家要經過高速公路，沿山開闢的高架橋，天在微亮時更顯得他就是具體了的孤獨，漫長而無聲。我看向窗外，看著看著眼眶濕熱，我累了沒去擦拭，之後熱熱的眼淚滑下臉頰，讓整個身體相較起來更冷了。

直至意識到痛時，我哭出了聲，我知道司機不會在意的，他有他的前方，我很謝謝他。

剩

我始終不是一個，
會說故事的人，
也不是個好的演員，
一點生氣都沒有的，
演示想念。

世界早就成了沙漠，
找不見綠洲，
也就開始祈禱，
能見到海市蜃樓。

把你的愛，
分解拆開，
一些太美好的，
我都努力記得，
想起來傷心的，
都藏進夜晚的棉被裡。

你踏上太遠的冒險，
我們的一部分留在原地，
他們會說杯子裡，
只剩下一點點愛情，
而我總想，
杯子裡還有的那一點點，
也是愛情。

她說那裡是一個名叫Surrey的地方，位於英國的南部，沿海向內陸出發一個小時左右的車程，便能抵達她當時居住的城鎮Guildford。

手機裡的相片，和煦的陽光下人們穿著深色外套，而靠近市區一點的車道都鋪畫著地磚模樣。相較於台灣，沒有那顯眼鮮豔使目光昏眩的店家招牌或佈告，像是用色拘謹的畫家，在欲求清澈協調。建築並排著的是人字形的斜屋頂，和棕色磚塊堆砌對比著白色油漆，最遠的地方能看見最高的是圓頂角樓。

相片沒有聲音，是她一旁解說著，說那裡的溫度使人慵懶，就像台灣的秋天但卻不陰鬱，她好懷念那裡，她總想那是一生至此最想要回去的地方，或那段光陰。

她並沒有改變太多，至少外觀上看來是如此，講話的語氣也類似，講什麼總是快的，但不是匆忙之感，而是由衷發力而至的語氣，短促而乾淨描述著情緒和那些我未曾參與過的故事。

依舊是短髮，在認識她的最初之時也是，當時候的她是深黑色覆過耳際順勢向內彎的短髮，如今是更短的短髮飛在耳上，染著輕飄飄像透著光似的砂金色，整個她不確定是靈魂還是外觀上的些微差異，看上去更細緻了，或說銳利。

距離上一次見面，即是分開的時候，當時我們是相愛過的，一對誰都覺得可愛的戀人，那是之後的人們都認為只有青春裡才能擁有的愛情，於是都在離青春遠去之後不斷以懷念的姿態尋覓的。

那時候我們會牽著手散很慢很慢的步，在很長很長的河堤，望很遠很遠的月亮，和其亮晃晃的倒影。過了午夜的淡水河畔寂靜的只剩下愛情，我曾認為那樣類似孤島戀人的愛情，是最深深而甜蜜的，雖然之後的我們都明白那將如何短暫。

之後她踏上了沒有我的遠行，去到英國的南方，兩人隔著時差和海洋道晚安，時間久了，再也沒人能確定當時緊握的手是怎麼鬆的。

我們面對著面坐著，在八點不到的酒吧裡，但那間酒吧座落於台北市中心地段，所以此時已坐滿了客人，稍嫌擁擠的座位和本不是用來用餐的小方桌，使兩人的目光不可逃避的落在對方身上。

那是一間我很喜歡的酒吧，在市中心裡卻披著一層神祕，入口是熟客才會知道的，第一次到訪的來客只能尋求來過的朋友引導或撥通店家的電話再三確認。那藏在樓與樓之間外露著卻看似再平凡不過的入口，沒有招牌，只能探路向前上了電梯，之後推開依序著兩道不同材質的大門，那隔音甚好，要直至來者推開第二道厚重的鐵製大門，才能聽見酒吧裡那些像是被溫柔藏匿著的眾多喧鬧靈魂。

這已經是距離分開之後的五年，從沒想過自己會身陷如同電影或小說一般的情節當中。主角們在多年後再次相遇，書裡或有聲的畫面中總是演出舊情未散或執念依存的情懷，而此刻的我確實有類似期待，期待是否當時的星火尚存，只要再讓目光裡的想念自然流淌得再久一點，故事會有續章。

我們各點了一杯調酒，和炸物拼盤，有隆重敘舊的架勢，之後還喝了強烈燒喉的伏特加。

其實我早知道她回國了，那是兩年前的事了，這中間兩人斷斷續續的聯繫，卻從沒見面，心想該是因為各自的生活都有著麻煩接踵而至且不間斷的特性吧！或者可以說是誰不是如此呢？更何況我們相去已遠。

我也說了我的故事，關於這五年間印象深刻也值得一提的事，和其細節補充。這時才會恍然察覺，一年三百六十五天的年，人類記載歷史和釐清記憶儲存的單位，是一個多使人畏懼的字眼，也可以說是一種悲傷吧！我們將它掛於嘴邊，卻往往忘卻它乘載的重量，是以物理和心理的方式劇烈改變著周遭的。

兩人沉浸於感性的以物易物當中，我的故事換她的故事，她的經歷換我的共鳴，此刻才發現相去已遠的兩人不僅僅是隔了很久相見而已。有感兩人多麼像是背對著背環遊世界的旅人，我們都走了好遠的路，好遠好遠，遠的讓什麼都面目全非，而那並不能說是傷心的事，而是必然，神色裡能得知兩人有著類似的想法。

夜晚尚未結束，我卻感覺已經放下了許多，不只是對於我們重逢甚至重新相戀的期待，也放下了對於執著的矛盾。回想當初就已經擁有的，如果那時候夠完美，此刻的延續也許顯得不必要了。我不確定這是否算是一種知足，還是對於過往的一種不強求的尊重，心想著，卻沒將這些想法說出口。

也許會因為某些期待不符合期待，某些當初擁有而如今改變的事情遺憾，甚至一點點感傷的悶，但我想明白也坦然之後，這便成了一種選擇。倘若當初愛過，或許真留下了遺憾，但知曉了曾經相愛之人踏過山海人群，望過彼此不曾遇見的視野，就算兩人再相遇，也都懷念彼此，但因為那殘存的愛情被看作一種尚存，使人們知道特別的不是我們，而是我們共同愛過的那段時光。

走

雙腳是前行，
至此，
的工具，
它們有第二顆心臟，
負責一部分的血液裡氧氣，
不夠勇敢時，
就邁大步，
能看上去更有決心。

誠實，
是最大的謊，
說了太多溢滿自信的話，
於是痛心的真實，
都留下最深的傷。

船隻離港，
也帶上了感傷，
和大海的恐懼，
你是嚮往自由的，
要學會的，
唯有誠實一點。

直到現在我也還沒能想出一個接近完整的回答，關於執念和愛的差異，或者說是終於能解釋兩者之間無異。

這裡的執念意指因愛從未開始而生的遺憾，和因愛結束後卻陰魂不散而生的掛念和悔意。總之，其使人思索那萌芽或殘存於心的是否為愛，抑或是愛變異後或已經爛透了的樣子。說實話我沒信心，說著若再老去一些就能水落石出，我更願意相信，那也許會是窮盡餘生也未必能尋見的愛的複雜答案。

她正試圖拼湊零碎的思緒，以好一點的描述自己面臨的艱難決定，她想讓我知道，她的害怕及那些發散而未集中的顧慮。

她告訴我，她想離開在一起將近十年的男朋友，他們高中就在一起了，可以說彼此即為青春那樣，而誰都知道青春是愛戀恣意狂妄之時，在那樣的時光背景裡，總有紛擾但他們攜手度過了。

現在看起來都像一個完整的一生，上輩子的幻覺。

我當然地問起原因，淡了還是愛上了別人，但同時也心想應該不會是這些膚淺的原因，因為我總相信，深的愛只能由更深的理由或外力來互相消除。何況他們的愛情猶如花的種籽落進最深最深的湖心，爾後還生長出了冒出湖面的花，時間之長和其相愛之途，同樣使人感覺漫長而歷經千辛萬苦。

她並未愛上別人，至少她是這麼和我說的，她所傾訴的聽起來都有些縹緲，像關於未來的事情，兩個人對於未來的生活或憧憬不同，或提及他看事情的目光和對於自己的想法。我沒能確定她是否是為了保護他，所以說得兜兜轉轉而零碎，像是不能說得太直接，怕傷到了他也傷到了自己，還是確實對於十年的時光，那終究無法以言語表達其經年累月的問題。

我不是愛情專家，我也沒走過他們那樣路途遙遠的愛情，所以多的時候我只是聽，也說不上來是否真切的感覺到她所想表達，但她的容貌是積累了很久的焦慮，而導致那淡然裡有著複雜而模糊的結繫著。

她說最難的也許不是在他身上看見問題，如今使她心煩的，會是急迫著想知道自己究竟欲求什麼。她走過了沉穩也安逸的十年相愛，雖然那時間久得讓人難以知悉最後還有沒有愛，她自己也正出現類似的困惑，直至她意識到自己想離開時，那些飄在左胸裡的迷霧濕氣更重了，更是看不見自己也看不見遠方。她說眼裡依舊滿滿是他，只是使她畏懼的，是自己想著他時，盡是想著如果有天離開他，自己會變成怎樣。

而更擾人的問題紛至沓來，像如果離開了他，自己最終後悔了怎麼辦，像是此刻能想到後悔了，是不是就代表這段愛情是值得重生的。

最難以解決的也許是這些問題的終點，那是每每觸及便讓心底一切困惑就此打住的問題，因為自己明白這是所有探問的盡頭，而那問題便是如果此時產生了這麼多關於結束的疑惑，這段愛情還是不是愛情，還是在這麼多年以後的現在，已經只剩下了依賴，和對於遺憾的執念而已。

像我說過的，我想這是沒有答案的，至少目前對於我而言如此。

我想此刻的她是極度渴望得到答案的，她一定心想著如果得到答案，能確知自己身處的不是愛情，只是寬容時光裡的一種苟且，她便可以隨即瀟灑放下，放下一切她所顧慮的，只是她也明白這強人所難，強愛所難。

也許我們都會明白，時光或愛情，那些縹緲的事物，從不回答我們的探問，無論我們奉上多少虔誠，如此一來我們終究無法控制那些。

我不知道他們的故事最後如何了，我也不期待聽見，能想見自己不管聽見任何結果，都將悲傷。

當我凝視她傾訴時的容貌，我深深感覺她的無助，其實心底也想過，若是我們都無從由時光或愛情那裡得到回答，何不對自己誠實就好，雖然這聽上去籠統，但我認為這也許簡單的多，像問問自己，是否真的需要愛情，或試著告訴自己，生命其實不單單只有愛情。

別把我讀完

前往遠方的路途，
像是，
永遠飄著紛飛大雪，
我也曾經試著，
停留，
就在那個路口，
你前腳才剛離開，
我就明白，
有些目的地，
已經有誰前往了，
另一個誰，
就永遠不能抵達。

好的故事，
總有驚天的反轉，
而我回頭，
只足夠一片葉子，
學會墜落。

有些故事，
終究沒有好的結局，
最後情感纏綣纏繞，
無人解開，
有些故事，
不用將它讀完。

「嘿，如果這是我們之間最後一次對話，是不是很好笑？」波傑克說完時，黛安並沒有回應，她的掩飾一下子全掉到了地上，和她的眉頭相同方向。

這是使我最有印象的一句台詞，在他們最後的對話當中，即使其本身看上去就只是一段沒有深奧意涵的問句，但卻讓身為觀眾的我在那一瞬間感覺到創作者正預告著什麼，是那關於結束的哲學，往往是一場不需要結論的凝視或者轉身，而舉動簡單得不能再簡單，使人們總是忽略其實道別是一件難以想起細節的事。

黛安和波傑克最後的對話是這樣的：

「那就像我的人生寫照。」波傑克以此作為他在獄中所遇之事的結論。

「我很抱歉，那聽起來實在好糟糕。」黛安笑出了聲回覆。

「對，但又能怎麼辦？人生苦難，終到盡頭，對吧？」

「有時候確實如此，但有時候則是人生苦難，仍然前行。」

「真是個美好的夜晚，對吧？」黛安說著。

「對，真的很美好。」波傑克語畢看向戴安，嘴角是終於滿足了什麼的微笑。

最後兩人不再言語，波傑克的微笑在鏡頭緩緩拉升時，消失而隨即成了那種負擔沉重卻早已習慣的陰鬱容貌。

《馬男波傑克》（英譯：Bojack Horseman）是一部二零一四年上映在網路影劇平台的成人喜劇動畫，主角便是馬男波傑克，一隻擬人化之後的馬，曾靠著著名電視劇紅極一時，而後成了五十歲的過氣男演員。其故事環繞心靈成長和各種社會亂象展開，主要角色還有一隻粉紅色的貓小姐凱洛琳，一隻黃金獵犬花生醬先生，無所事事的人類男子陶德，和最後與主角馬男對話的人類女子黛安。

它也是我最喜愛的影集之一，總共有六季，雖說是喜劇，卻讓我永遠不會以喜劇形容它，更適切的描述應為荒誕。看著主角波傑克歷經無盡世事，無論是他演藝生涯晚期的坎坷，或者惡夢般的童年和因此讓人無法直視的母子關係，見他愛過人也被人愛過，後因為其本身無可救藥的缺乏安全感，而總是讓曾知心的人離他遠去。

以鮮豔色彩包裝的劇情，更顯得諷刺而荒誕，只是那份荒誕卻又讓人感覺無限的靠近著真實，直至我看完全劇之後的好久，那樣被劇情逼近著的感覺，從沒有停止過。

也許荒誕終究是生活的本質，端看人們如何活著，是選擇迎面或者轉身奔逃。常有人說影劇或文學便是這麼一回事，當觀者陷入於劇情無法自拔，便會望向自身的日常境遇，試圖找尋相同之處，我想我就是如此吧。

但並不是那麼絕對，我並沒有闖蕩過好萊塢，也不曾像波傑克那樣酗酒和藥物成癮，多的時候那些是有距離的，遙遠而不可及的荒謬生活，但那裏層的目光或者角色與角色之間互動的神情，無不讓我似曾相識。

最後一集的內容，是貓小姐凱洛琳的婚禮，這位女強人曾經是波傑克的經紀人和前女友，而如今終於碰見了使她重新相信愛情的人。雖然她依舊徬徨著幸福究竟是怎麼一回事，但愛也許就只是勇氣，她選擇了勇敢相信，這是婚禮那天，波傑克邀請她跳舞時，波傑克對她說的話。

兩人當時靠得很近，近得像兩人隨時都可能因為婚禮和其帶來的壓迫感逃離現場，但他們沒有，貓小姐說了，如果是幾年前的他們，或許真會讓這種混蛋事情發生。

最初認識這部影集時我大學還沒畢業，當時候看著看著覺得無趣也就沒有看完了，是到了出社會一年後，我無意間又打開了它，每天只看一集的看著，時間越久就越發覺得馬男離自己好近，就像個朋友，看著他做了些蠢事，那些蠢事多半無可挽救，和一而再再而三的戒酒失敗，最後還賠上了好友的性命。他獨自住在半山腰的別墅裡，那別墅大得有時自己還會迷路，陽台有座游泳池，打從第一季開始，作者就有意無意的暗示著總有一天，馬男將會死在那游泳池裡面。

這是我看到第六季最後幾集才恍悟的，當初以為那些符碼僅僅是為了符合荒謬的意象。

回到黛安和馬男的對話，黛安也來參加了凱洛琳的婚禮，並沒有帶上男伴，也許因此才感覺困惑而孤單吧！她獨自爬上了別墅的屋頂，波傑克知道她會在那，早在影集最一開始兩人的認識便是如此，某個舉辦派對的別墅，當時的黛安還留著長髮，也獨自躲在屋頂抽菸。

波傑克找到了她，兩人談起上一次的交集，那已經是幾個月前的事了，是馬男在深夜裡撥通黛安的電話，只是她沒接到，隔天醒來聽了留言，黛安才知曉馬男在別墅裡自殺，她以為他早死了。

我見到他一次又一次讓身旁的人失望，或更多時候，是自己對自己失望，也許波傑克始終想成為好人，或重拾當年風光的一面，只是他也說不清楚曾幾何時，在心裡掉落了一塊什麼重要的，他也想知道，也拼了命找尋，只是尚未尋獲。

像一起走過了半生那樣的兩人，在屋頂上盡力不觸碰傷感和過往的祕密，最後馬男說了一個簡單的笑話，黛安還是笑了。最後最後的結局沒有結局，只是兩人不再說些什麼，他們一起抬頭看向深藍色的夜空，那裡星光璀璨，就像在說著活下去便是一種希望那樣。

有些故事不值得看完，或對其抱有期待，因為我們都知道心碎一定還會再次發生，而我們一定都會在未來的某一天互道再見，有些時光終究是一段一段的柔順絲綢，誰也不能渴求它綿延餘生。

心想這是多麼悲觀的想法啊，但如此一來，人們好像就能只記得美好的，和那些已經被原諒的壞事。

而雖說如此，但誰的故事不是繼續前進的呢？

國家圖書館出版品預行編目(CIP)資料

那麼，也許我會希望世界毀滅：讓我們回到海裡，重新期待愛情／壹捌零參著. -- 初版. -- 臺北市：臺灣東販股份有限公司, 2021.02

252面；14.7×21公分

ISBN 978-986-511-601-9（平裝）

863.51 109022062

那麼，也許我會希望世界毀滅
讓我們回到海裡，重新期待愛情

2021年2月1日初版第一刷發行

作　　者　壹捌零參
主　　編　陳其衍
特約編輯　王靖婷
封面設計　謝捲子
特約美編　麥克斯
發 行 人　南部裕
發 行 所　台灣東販股份有限公司
＜地址＞台北市南京東路4段130號2F-1
＜電話＞(02)2577-8878
＜傳真＞(02)2577-8896
＜網址＞http://www.tohan.com.tw
郵撥帳號　1405049-4
法律顧問　蕭雄淋律師
總 經 銷　聯合發行股份有限公司
＜電話＞(02)2917-8022

著作權所有，禁止翻印轉載
Printed in Taiwan
本書如有缺頁或裝訂錯誤，請寄回更換（海外地區除外）。